L'EXPÉDITION DE MADAGASCAR

UN OFFICIER

LES LEÇONS DU PATRIOTISME

MORTS POUR LA PATRIE

CARDON.SC

LIMOGES

MARC BARBOU ET Cie, ÉDITEURS

RUE PUY-VIEILLE-MONNAIE

L'expédition de Madagascar

GRAND IN-8° 3me SÉRIE

Le général Duchesne.

L'EXPÉDITION

DE

Madagascar

PAR

UN OFFICIER

LIMOGES

MARC BARBOU & Cie, ÉDITEURS

RUE PUY-VIEILLE-MONNAIE

POUR LA PATRIE

Ceux qui pieusement sont morts pour la patrie,
Ont droit qu'à leur cercueil la foule vienne et prie.
Entre les plus beaux noms leur nom est le plus beau.
Toute gloire près d'eux passe et tombe éphémère ;
    Et, comme ferait une mère,
La voix d'un peuple entier les berce en leur tombeau !

    Gloire à notre France éternelle !
    Gloire à ceux qui sont morts pour elle !
    Aux martyrs, aux vaillants, aux forts !
    A ceux qu'enflamme leur exemple,
    Qui veulent place dans le temple,
    Et qui mourront comme ils sont morts.

                (V. Hugo.)

PRÉFACE

Il y a quelques mois à peine, une phrase était sur toutes les lèvres et, comme une étincelle électrique, un frisson d'orgueil courait d'un bout à l'autre de notre patrie. « Les Français sont à Tananarive ! » disait-on, et on s'arrachait les journaux, on s'abordait avides de détails, heureux du succès qui, encore une fois, couronnait nos armes, fiers de la vaillance de nos petits troupiers et de la science de nos officiers. « La campagne est terminée ! Madagascar est une île française ! Le drapeau tricolore flotte sur Tananarive ! Succès, victoire ! Vivent nos braves soldats ! Vive le général Duchesne ! » Et partout, c'était fête ; dans nos garnisons de France, les troupes avaient repos ; radieux, par un beau soleil, gantés de frais, en grande tenue du dimanche, nos troupiers sillonnaient les rues, pensant à leurs frères de là-bas, et fiers d'être leurs frères !

Mais, pour aboutir à ce succès, à cette joie, que de peines, que de fatigues, et, hélas, que de morts ! Car la campagne a été dure. La fièvre, la terrible fièvre, a ravagé les rangs français, tuant plus sûrement que les balles malgaches. Un climat peu hospitalier, des terrains marécageux, une nourriture et une hygiène insuffisantes ont trop bien secondé les soldats de Ranavalo, et combien de nos soldats ont pu revoir ce port de Marseille qu'ils avaient quitté si pleins d'entrain, si vaillants, si alertes ? Tous, nous avons encore présentes à la mémoire ces grandioses scènes du camp de Sathonay. Ce rassemblement, la visite du Président, les ovations faites aux petits combattants, l'enthousiasme général grandissant sur leur passage, tous ces tableaux nous apparaissent comme auréolés de fleurs jetées à profusion, de souhaits, de vœux, de vivats, de pleurs aussi...

Tout cela ne date-t-il pas d'hier ? Et voilà que déjà d'autres fleurs vont couronner des tombes, d'autres vivats vont saluer des vainqueurs, d'autres larmes arrachées aux plus insensibles vont dire merci à ceux qui sont restés là-bas, morts au champ d'honneur !

C'est cette expédition meurtrière, mais si féconde en gloire, que ce petit livre va raconter. Notre souhait le plus ardent est que l'homme mûr, comme l'enfant, y trouve un enseignement. Car c'est à nos jeunes Français que ce court récit est dédié ; ils le liront, et leur cœur battra en apprenant la gloire qui illustra nos armes, comme le cœur de leurs pères battait naguère, lorsque, avides, ils cherchaient des détails sur la campagne alors en cours. Petits enfants, jeunes gens presque hommes déjà, vous admirez chaque jour la fière allure de nos troupes défilant musique en tête ; les officiers, le sabre au clair, vous éblouissent de leur martiale tenue ; les hommes, corrects d'attitude, cadencent fièrement leur marche, la tête haute, crânes, malgré le lourd paquetage.

Eh bien, savez-vous, enfants, de quelle vaillance sont capables ces hommes ? Lisez ce petit livre et vous saurez ce qu'ont fait leurs frères de là-bas ; lisez, et vous les aimerez bien plus encore, nos braves petits troupiers !

CHAPITRE PREMIER

Découverte en 1506, par Fernand Suarez, Madagascar est une île située dans l'Océan Indien, au sud-est de l'Afrique, entre les 12e et 26e degrés de latitude sud, les 40° et 48e degrés de longitude est. Elle est séparée de la côte orientale d'Afrique par le canal de Mozambique, large d'environ 380 kilomètres dans sa partie la plus resserrée. Vingt jours de navigation séparent l'île de Marseille, par le canal de Suez, et vingt-quatre heures seulement de notre colonie de la Réunion.

D'après les évaluations récentes, sa superficie est de 592,000 kilomètres carrés, c'est-à-dire 56,000 de plus que la France. Elle a 1,625 kilomètres dans sa plus grande longueur, du cap d'Ambre qui la termine au nord, au cap Sainte-Marie, point extrême au sud. La distance moyenne du rivage de l'est à l'ouest, d'Andevourante à la côte de Vazimba, par Tananarive, est d'environ 500 kilomètres. Sa configuration a été justement comparée à celle d'un immense monstre marin allongeant sur la mer, dans la direction du nord au sud, de manière à obliquer de dix-huit degrés environ sur la méridienne son squelette décharné ; sa tête occuperait la partie septentrionale de l'île, les vertèbres et l'épine dorsale la portion du milieu, tandis que sa queue s'épanouirait dans le sud en éventail. Cette image donne une idée approximative de l'aspect général de Madagascar et du relief de ses montagnes au-dessus de la surface des eaux.

Son importance explique l'attraction qu'elle a toujours exercée sur la France. « Partageant en deux branches le courant équatorial, elle commande les deux routes de l'Inde, celle qui embarque le canal de Mozambique aussi bien que celle qui passe entre cette grande île et les Mascareignes.

» Si, aujourd'hui que l'isthme de Suez est percé, la position stratégique de Madagascar paraît, au premier abord, moins importante, il ne faut pas oublier cependant que les deux extrémités de cette route peuvent être fermées par l'Angleterre ; Malte et Chypre, au nord, Périm et Aden, au sud, sont les clefs de la mer Rouge. Aussi, toute puissance qui, en lutte avec la Grande-Bretagne, voudrait faire passer des vaisseaux aux Indes, devrait-elle prendre l'ancienne route du cap de Bonne-Espérance. On comprend, du reste, l'intérêt qu'aurait l'Angleterre à se créer dans ces parages une colonie à côté de celles du Cap, de Natal et de Maurice, qui ne brillent pas précisément par le nombre et la sûreté de leurs ports, non plus que par leurs ressources en vivres frais, en rechanges, en charbons et en approvisionnements de toute sorte que fournirait à profusion Madagascar (1). »

Vue de large, Madagascar n'offre pas l'aspect de Maurice et de la Réunion. La côte orientale est généralement plate et sablonneuse sauf vers le nord, où l'on rencontre près du cap d'Ambre la spacieuse et excellente baie de Diégo-Suarez, dont le traité de 1885 a assuré la possession à la France. « C'est une des plus belles baies du monde entier ; elle ne compte pas moins de soixante milles de développement de côtes intérieures. Son mouillage offre aux navires une sécurité parfaite ; et c'est à juste titre qu'on l'a appelée *la citadelle de l'Afrique orientale*, car on trouverait difficilement ailleurs une position maritime aussi forte.

Autour de la baie « pendant la bonne saison, tout est aridité et désolation, les plaines jaunes et rocailleuses ne sont coupées que par quelques buissons rabougris, et les flancs des montagnes, avec leurs arbres dépouillés

(1) Rambaud, *La France Coloniale.*

de feuilles, ajoutent encore à la tristesse de la région ; ce n'est que dans les vallées que l'on retrouve trace de l'activité végétale.

» Mais, dès que les pluies de l'hivernage ont détrempé cette terre de feu, le tableau change complètement : les côtes se noient dans un océan de verdure ; les plaines se transforment en abondants pâturages, et les arbres, enveloppés par des lianes fleuries de diverses couleurs, exhalent les plus suaves parfums ; leurs branches entrelacées forment des couronnes et des éventails de toute beauté. C'est alors que la flore étale majestueusement la variété de ses produits (1). »

Tamatave, autrefois petit village de pêcheurs, est aujourd'hui le chef-lieu maritime de Madagascar, le principal marché de la côte orientale, le plus fréquenté et le plus connu des Européens, parce qu'il est le point de départ de la route conduisant à Tananarive. C'est une ville de dix à quinze mille habitants, à la rade spacieuse et sûre.

« Tamatave se compose de deux parties distinctes ; derrière le fort et sous sa protection se trouve le village hova ; sur les bords de la mer se développe la ville malgache où habitent les trafiquants européens. Elle est bâtie sur une longue bande de sable qui porte, chose extraordinaire, une végétation assez variée et presque luxuriante.

» L'aspect général de Tamatave ne manque pas d'un certain côté pittoresque, mais il est triste ; derrière une longue ligne des grands pandanus bordant la plage, s'élèvent, au milieu d'une véritable forêt de manguiers, de cocotiers, de citronniers, de jujubiers et de bananiers qui poussent et vivent dans le sable, mille ou quinze cents cases en paille ; bâties en bambou ou en bois léger, leurs parois et leurs toitures sont faites avec les tiges, les écorces et les feuilles du *ravanela* (2);

(1) Capitaine V. Nicolas, *La baie de Diégo-Suarez* (Revue de géographie).
(2) Le *ravanela* ou *l'arbre du voyageur*, particulier à Madagascar, est d'un emploi général dans les provinces de la côte orientale pour la construction des habitations

elles sont toutes entourées d'un jardin fermé par une clôture en planches ou en pieux. Ces palissades forment les murailles des rues qui courent parallèlement à la mer et dont la principale, située tout près du rivage, est habitée par la population blanche groupée autour des consulats français et anglais ; on y remarque deux ou trois maisons bâties à l'européenne.

« La boutique, qui joue un rôle considérable dans le commerce d'alimentation de nos villes, même les plus petites, est une chose inconnue à Tamatave ; il n'y a de boutique nulle part, et tout le commerce de détail se trouve monopolisé dans les marchés en plein vent ou *bazars*.

Le port important du littoral occidental, comparable à celui de Tamatave avec lequel il rivalise, est Majunga. Située sur une colline qui borde la baie de Bombétoke, où se jette le Betsiboka, la ville de Majunga, divisée également en deux parties, est une ancienne et riche cité arabe dont on voit encore les ruines. Elle compte une population d'environ dix mille habitants, composée d'Indiens, d'Européens, de Sakalaves et d'Arabes. De là, par une route conduisant à Tananarive, longeant le Betsiboka, puis son affluent l'Ikopa, cours d'eau qui prennent naissance dans le plateau où se trouve la capitale des Hovas. Cette route rendra les plus grands services lorsqu'elle sera devenue carrossable ; elle donnera une importance encore plus grande au port de Majunga, choisi comme lieu de débarquement des troupes françaises et point de départ de l'expédition qui a assuré d'une manière définitive la possession de Madagascar à la France.

Le grand fleuve malgache est le Betsiboka, long d'environ huit cents kilomètres, qui vient des plateaux du centre, se jette dans la baie du Bombétoke, à laquelle il apporte les eaux de l'Imérina. Les canonnières et les bateaux d'un certain tirant d'eau peuvent le remonter assez loin, et, avec son grand affluent l'Ikopa, rivière de Tananarive, il établit une communication assez directe entre Majunga et la capitale des Hovas.

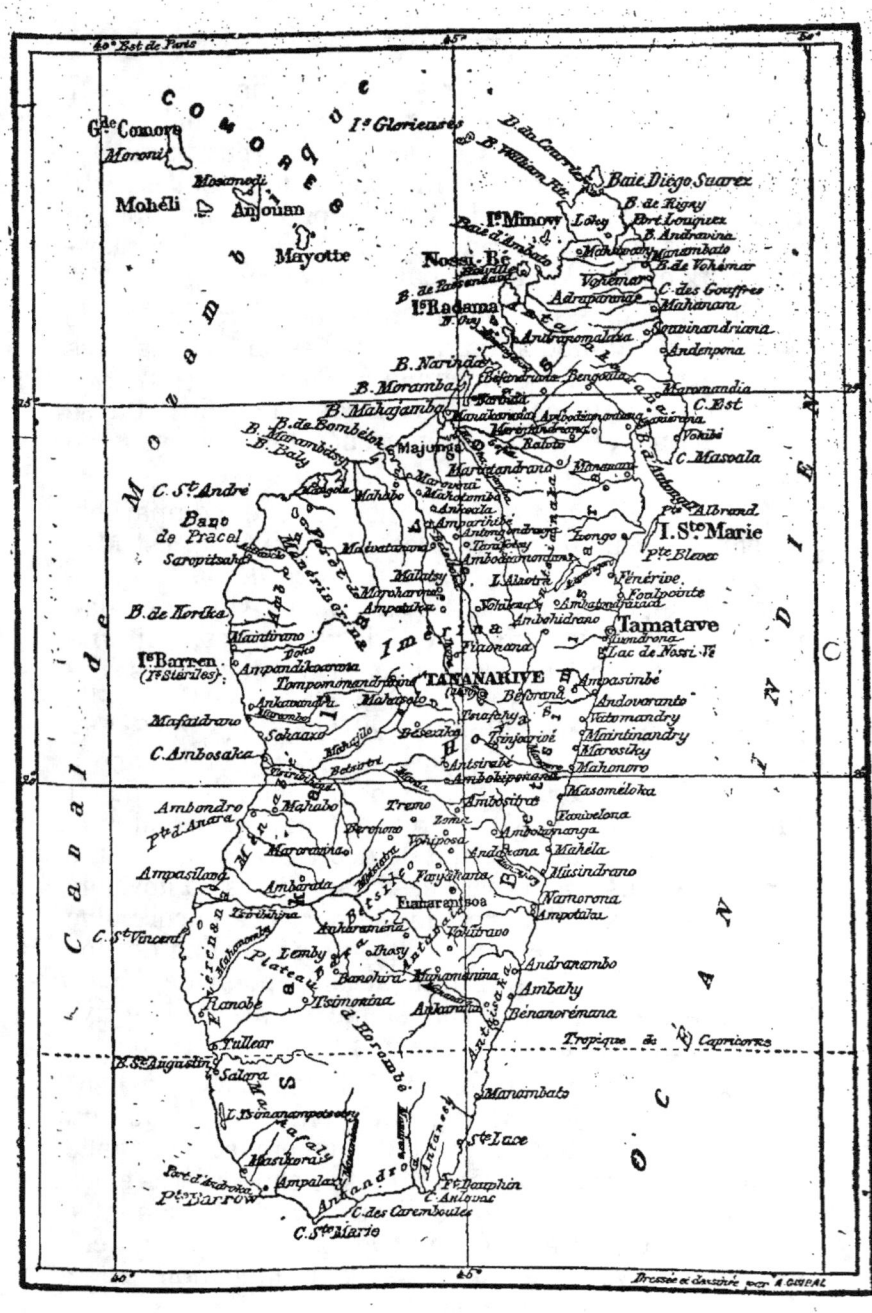

Fleuves et rivières sont peuplés de crocodiles qui, dans bien des endroits, constituent un véritable fléau. « Le crocodile de Madagascar se distingue spécifiquement de ses congénères des régions africaines : et ceux-ci ne sont pas des caïmans comme on le croit généralement; les alligators cantonnés en Amérique diffèrent des crocodiles par leur museau plus large, par leurs dents inégales en grandeur et en volume, ainsi que par leurs pieds à demi palmés et sans dentelures.

» Par leur voracité, les sauriens des mers de la Grande Terre méritent le nom de requins des fleuves ; ils atteignent des grosseurs prodigieuses. Redoutables dans leur élément, ces reptiles, à terre, n'attaquent jamais l'homme, mais ils poursuivent les femmes et les enfants ; ils sont l'objet, de la part des Malgaches, d'une sorte de vénération superstitieuse, inspirée sans nul doute par la terreur. Ils les redoutent comme possédant un pouvoir surnaturel, et ils les invoquent dans leurs prières en recherchant leur protection à force de déférence plutôt que de les attaquer. Brandir seulement une sagaie au-dessus de l'eau serait regardé comme une sacrilège insulte à ces souverains des ondes, une insulte qui mettrait en péril la vie du coupable, la première fois qu'il s'aventurerait dans l'eau. Aussi les dents de ces monstres sont-elles portées comme talisman.

» Cependant les peuplades de la côte orientale, malgré leur vénération superstitieuse, ne se font aucun scrupule de détruire les petits crocodiles ; ils récoltent encore, concurremment avec les oiseaux et les serpents qui en mangent une grande quantité, les œufs de ces reptiles; gros et de forme allongée plutôt qu'ovales, ces œufs sont conservés en sacs, après avoir été bouillis et séchés au soleil, et servent d'aliments.

» Suivant une erreur accréditée, par une singulière méprise des voyageurs, on a représenté le crocodile comme un animal qui fuit au moindre bruit ou par l'agitation violente de l'eau. Malgré le vacarme que font, avec leurs cris et le battement de leurs pagaies les bateliers madécasses tout autour des bandes de bœufs qui descendent ou traversent les rivières à la nage, les crocodiles ne cessent de donner la chasse à ces animaux; ils réussissent toujours, bien que les pirogues cernent et protègent le troupeau contre leurs attaques, à saisir et à entraîner quelques zébus qui sont aussitôt engloutis. Lorsque le bœuf arrive sur les bords du Mangour dont l'embouchure dans l'Océan est à vingt milles sud de Tamatave, il beugle instinctivement de terreur avant d'entrer dans l'eau. « Les bœufs pleurent quand ils arrivent sur les bords du Mangour, disent les Malgaches, parce qu'ils sentent le crocodile. »

» C'est dans cette terrible traversée des fleuves que le chien donne une preuve indéniable de son intelligence. Il descend d'abord la rive en jappant de toutes ses forces; puis il remonte silencieux et en courant de toute sa vitesse, se jette à l'eau et traverse la rivière au plus vite en s'aidant du courant. Les bateliers eux-mêmes sont exposés à de continuels périls, surtout lorsqu'ils naviguent la nuit; en plongeant sa palette le long de la pirogue, le pagayeur est saisi subitement par le bras, entraîné dans la rivière et dévoré (1). »

Un autre caractère particulier de Madagascar consiste dans les épaisses forêts disposées en une longue ceinture sur le pourtour de l'île, soit dans la région côtière, soit dans la zone des avant-mots. Quoique détruites par les incendies sur de vastes espaces, elles forment sur certains points une sorte de rempart naturel qui faisait dire à Radama Ier, quand on lui parlait du génie militaire de l'armée française : « J'ai à mon service deux officiers, le général Forêt et le général Fièvre (*Hazo* et *Fazo*), que j'opposerai volontiers à n'importe quel chef européen. » Sans être infranchissables, ces forêts ont toujours constitué un obstacle sérieux pour une armée d'invasion.

Le climat a été toujours un des principaux obstacles qui se sont opposés à la colonisation européenne de

(1) Macquarie.

Madagascar. Comme dans tous les pays de la zone tropicale, l'année s'y divise en deux saisons : la saison sèche, qui commence en avril pour finir en octobre, et la saison des pluies, ou hivernage, qui dure de novembre à avril.

« La température moyenne des mois d'avril et de septembre est de quinze à dix-huit degrés. Elle augmente insensiblement et atteint pendant l'hivernage trente-huit à quarante-cinq degrés. Alors la chaleur est intense et tropicale.

» Le temps est sec et beau jusqu'au mois de novembre; mais le vent, qui est trop fort, soulève des tourbillons d'une poussière fine qui s'introduit partout et qui est avec les mouches un des fléaux du pays. Les orages commencent en octobre; ils sont plus fréquents en novembre et deviennent quotidiens en décembre, janvier et février. Malgré les pluies torrentielles qui les accompagnent, la température est très élevée; c'est alors que la végétation se développe avec une merveilleuse rapidité, que les pâturages reverdissent et que mûrissent les fruits de la zone torride (1). »

Mais si, par sa latitude, la Grande Ile africaine est une terre tropicale, par son altitude elle peut être considérée comme un pays relativement tempéré. La température décroît des bords de la mer aux montagnes de l'intérieur, et sur les sommets de l'Ankaratra et des autres massifs des lamelles de glace se forment sur les flaques d'eau. Cependant, s'il varie beaucoup selon le degré de latitude et d'élévation du sol, le climat de l'île doit être classé d'une manière générale parmi les climats chauds et humides.

La côte orientale est particulièrement insalubre pendant la saison des pluies. Les fleuves du littoral entraînent des forêts de l'intérieur dans les lacs où ils se jettent de nombreux débris végétaux qui, joints à l'humidité et à la chaleur, ainsi qu'au mélange des eaux douces et des eaux salées, vicient l'air et engendrent la

(1) Ch. Buet, *Six mois à Madagascar.*

Tamatave.

redoutable fièvre malgache, funeste, non seulement aux Européens, mais aux Malgaches habitant les plateaux; seuls les indigènes qui y sont fixés semblent indemnes. C'est surtout en janvier et en février que les terres basses du littoral de l'est, voilées de brumes grises, ont mérité le surnom de *cimetière des Européens*, qu'on leur a souvent donné.

Les fièvres paludéennes sévissent également, à la même époque, sur la côte occidentale, mais avec moins d'intensité.

« La fièvre de Madagascar, dit Mme Ida Pfeiffer, est une des plus horribles maladies qui existent, et suivant moi elle est beaucoup plus à craindre encore que la fièvre jaune ou le choléra. Dans ces deux maladies, on éprouve, il est vrai, parfois aussi de très grandes douleurs, mais en peu de jours on est mort ou guéri, tandis que cette épouvantable fièvre vous fait horriblement souffrir pendant de longs mois. On sent de vives douleurs dans l'estomac et dans tout le bas ventre. On a de fréquents vomissements, on perd tout appétit et on devient peu à peu si faible qu'on peut à peine mouvoir les mains et les pieds. A la fin, on tombe dans une apathie complète, à laquelle, malgré toutes les peines et tous les efforts, on ne peut s'arracher. Moi qui, depuis mon enfance, étais habituée à l'activité et au mouvement, je restais maintenant des journées entières étendue sur ma couche, plongée dans le marasme et m'apercevant à peine de ce qui se passait autour de moi. Et cette apathie n'est pas seulement propre aux gens de mon âge, mais à tous ceux qui sont attaqués par la fièvre, sans en excepter les hommes les plus vigoureux et dans la fleur de l'âge, et elle continue, ainsi que le mal d'estomac et de foie, longtemps encore après que la fièvre même a cessé. »

Tous les voyageurs, et en particulier, M. Grandidier, ont signalé la variété et l'originalité de la flore et de la faune de Madagascar. Sur les quatre mille espèces environ qui constituent la flore, les unes rappellent les végétaux de l'Afrique continentale, d'autres ceux de l'Australie et de l'Amérique méridionale. mais leur physionomie générale se rapproche plutôt des plantes asiatiques. C'est d'ailleurs le littoral oriental, tourné vers l'Asie, qui offre les productions les plus riches et les plus variées; le sud et l'ouest, exposés aux vents desséchants de l'Afrique, ont un sol plus aride, où les plantes sont plus rares, avec des feuilles dures et des racines épaisses.

L'île renferme la plupart des arbres à fruit des pays intertropicaux, tels que l'oranger, le citronnier, le bananier; on y voit encore le mangoustan, sorte de vigne sauvage, le tanguin, l'arbre sinistre de Madagascar, qui porte un fruit de forme oblongue rouge, et gros comme une pêche dont le suc a la propriété de coaguler le sang, occasionnant de terribles souffrances. Le tamarinier prospère sur la côte occidentale, et le cocotier sur tout le littoral. Les forêts renferment une grande variété de bois de construction, bois pour l'ébénisterie, comme les bois d'ébène, de palissandre, d'acajou, de rose, de teck, de camphrier, d'andromène, etc.

La faune malgache, non moins originale que la flore, se distingue tout particulièrement de celle du continent africain. Point de lions, de tigres, de panthères, d'éléphants, rhinocéros, d'hippopotames, de gazelles, d'antilopes, de girafes, mais des sangliers, des chats-sauvages, de petits loups, et une grande variété de singes, des écureuils, des crocodiles et des reptiles de toute sorte. « Les grands et petits serpents qui pullulent dans toutes les forêts de l'île ne renferment très heureusement aucune espèce venimeuse. Les Malgaches le savent, mais comme ils ne peuvent maîtriser la répulsion instinctive que leur inspirent ces reptiles, ils en ont une frayeur superstitieuse qui est excessive. Les couleuvres inoffensives de Madagascar atteignent à vrai dire des tailles gigantesques, inconnues partout ailleurs; c'est qui a fait croire à certains auteurs d'une imagination trop facile que le boa existait dans les grands bois de Tanni-Bé. A part les crocodiles, on ne trouve sur tout le territoire de la « Grande-Terre » aucun des animaux redoutables qui peuplent le continent noir. Les seuls animaux qui habitent l'intérieur de l'immense ceinture de bois dont la grande île africaine est enveloppée sont des bœufs, des cochons sauvages, des tendracs et des lémuriens. On peut dire que ces sortes de singes sont les véritables habitants des forêts madécasses dont les arbres aux troncs pressés et reliés entre eux par un inextricable lacis de lianes géantes et de bambous-lianes forment une muraille infranchissable.

Au premier rang des animaux utiles figurent les bœufs zébus, puis les moutons à grosse queue, les onagres ou ânes sauvages, les porcs, les moutons, les volailles, auxquels il faut ajouter les abeilles et les vers à soie. Il n'y a ni ânes, ni mulets, et les chevaux qu'on y voit ont été introduits par les Européens; quant aux chèvres, elles sont nombreuses dans diverses parties de l'île, mais vivent à l'état sauvage.

Les forêts sont habitées par une multitude d'oiseaux encore peu connus de nos naturalistes parmi lesquels diverses variétés d'ibis, ramiers, pintades, huppes, coucous, martins-pêcheurs, et certaines espèces de gibier, différents de celles d'Europe (1).

Le monde des insectes n'est pas moins varié, et l'entomologie de Madagascar offre un des plus beaux spécimens de papillons, et des araignées très dangereuses, dont l'une appelée *kouka*, grosse araignée noire, et l'autre plus petite, désignée sous le nom de *manavoudi*, font des piqûres souvent mortelles. De même que les mammifères, les insectes de Madagascar offrent des espèces se rattachant à celles des autres continents, principalement à celles de l'Afrique, de l'Australie et de l'Amérique du sud.

La population de Madagascar est très diversement évaluée; tandis que certains voyageurs la portent à six millions d'habitants, d'autres la réduisent à deux mil-

(1) On en trouve la nomenclature et la description dans le grand ouvrage de M. Grandidier.

lions. Ce qui est certain, c'est qu'elle est très clairse-
mée; M. Grandidier, au cours d'un voyage dans l'intérieur de l'île, a pu marcher sept jours sans rencontrer
une seule habitation.

D'une manière approximative, on peut évaluer cette
population à quatre millions d'habitants appartenant à
plusieurs races, mais parlant à peu près la même langue « souple, poétique, harmonieuse comme celle de
l'Insulinde et de la Polynésie ». On les désigne sous le
nom général de Malgaches ou Madécasses, descen-
dant les uns des Arabes ou des Cafres, les autres se
rattachant à la race malaise.

Aux premières races venues d'Asie en Afrique à des
époques très reculées, s'en est ajoutée une troisième
dont l'arrivée à Madagascar remonte à environ six siècles et dont l'origine malaise est à peu près démon-
trée (1) : ce sont les Hovas, qui occupent dans l'île une
situation prépondérante.

Aujourd'hui on range sous la dénomination générale
de Hovas l'ensemble de cette population malgache qui
habite le plateau intérieur de l'Imérina et dépend du
souverain de Tananarive. Cette tribu a étendu sa domination sur les autres Malgaches tant de l'intérieur que
du littoral. Au point de vue ethnographique, le Hova
se reconnaît aux caractères suivants : cheveux plats,
ou légèrement bouclés, barbe peu fournie, teint olivâtre,
bouche grande, lèvres un peu fortes, nez droit et court,
yeux bridés, pommettes saillantes, corpulence médio-
cre, taille assez avantageuse, formes plutôt élégantes
qu'athlétiques. Le type hova différant d'une manière
assez sensible de celui des autres peuplades, il en résulte que bien des Malgaches, véritablement Hovas,
pour le pouvoir politique dont ils relèvent, ainsi que
par leur résidence dans l'Imérina, ne sont pas, au
point de vue ethnographique, des Hovas. Ils descendent
probablement d'une race très mélangée dans laquelle

(1) M. Vivien de Saint-Martin soutient néanmoins que cette origine malaise
des Hovas est très contestable.

les divers types, malais, arabe, africain et même européen, se sont croisés.

Ce terme de Hova, dont se servent si fréquemment
les Européens, ne s'applique, dans la vie civile de Tananarive, qu'aux gens de la classe moyenne; les nobles
sont appelés *Andriana* et les esclaves *Andévos*. Les
hommes libres tombés en servitude comme débiteurs
insolvables ou à la suite d'une condamnation portent
le nom de *Zaza-Hova* (petit de Hova) ou de *Hova-véri*
(Hova perdu).

Les autres indigènes n'emploient guère non plus ce
terme de Hova et désignent plutôt leurs vainqueurs par
le nom d'*Ambaniandros* (sous le jour), ou par celui
d'*Amboas-Lambos* (qui tient du chien et du porc).
Quand la reine s'adresse à tous les Malgaches, elle les
nomme *Ambanilanitra* (ceux qui sont sous les cieux).

Originaires de la Malaisie ou de la presqu'île de Ma-
lacca, les Hovas ont dû être sans doute portés à Madagascar par le courant équatorial de l'océan Indien.
Mais aucune donnée précise n'existe sur leur arrivée
dans l'île, et une tradition sakalave raconte ainsi leur
débarquement. « Les *Amboas-lambos* sont venus d'au
delà des mers. Le navire qui les portait se brisa sur
les côtes de Madagascar.

» Ces naufragés s'établirent d'abord près de l'Océan
sans se mêler aux habitants du pays. La fièvre faisait
parmi eux de nombreuses victimes; cependant, ils se
multipliaient peu à peu et occupaient la contrée. Les
indigènes en furent jaloux et leur suscitèrent d'abord
de minces querelles, qui se changèrent plus tard en
combats meurtriers.

» Les Amboas-lambos furent vaincus et presque
exterminés.

» Or, un jour, après une sanglante défaite, ils prirent
le parti de se retirer vers l'intérieur de l'île; leur nombre était fort réduit alors; il n'y avait peut-être pas
cent hommes en état de porter les armes. Ils partirent
donc vers le désert, avec leurs femmes et leurs enfants,
à la recherche d'une terre plus paisible et d'un climat

plus salubre. Ils trouvèrent l'un et l'autre vers le centre du pays; ils se fixèrent dans cette région et s'y
multiplièrent rapidement. Plus tard, ils firent la guerre
à leurs voisins pour s'emparer de leurs troupeaux et de
leurs terres.

» Des hommes sages, venus aussi d'au delà des mers,
ont aidé les Amboas-lambos dans ces combats où ils
ont été vainqueurs.

» Ces Amboas-lambos sont venus à Madagascar

Seigneur Hova.

après les Silanos (Arabes musulmans) et ils ont été les
amis des Karany (Indiens). »

Ce récit sakalave, dit le P. de La Vaissière, ne manque ni de patriotisme, ni de couleur locale; son origine
est d'ailleurs fort ancienne parmi les tribus de l'ouest.
La mention des hommes sages, venus d'au delà des
mers, qui ont aidé les Amboas-lambos dans leurs combats, aurait bien pu être ajoutée plus tard pour signaler

le concours prêté par les Anglais à Radama Ier.

L'arrivée des Hovas après celle des Silanos ou Arabes, que l'on fixe assez communément à la fin du VIIe siècle, semble tout à fait certaine, mais rien ne l'indique clairement. Ces Karany ou Indiens, avec lesquels les Hovas auraient lié amitié, sont probablement des trafiquants venus à la côte ouest à une date assez récente. Il est peu probable qu'ils aient ensuite quitté Madagascar. Ils se sont plutôt fondus avec les Amboaslambos ou avec quelqu'une des tribus du littoral.

Les Hovas ont pour eux-mêmes le même engouement que les Chinois. Ils se croient modestement une nation privilégiée et leur monarchie est à leurs yeux la première du monde.

Les Sakalaves, qui habitent la côte occidentale, depuis la baie de Saint-Augustin, au sud, jusqu'à celle de Passandava, au nord, ont été longtemps le peuple le plus puissant de Madagascar, et leur roi était obéi sur tout le territoire. A la suite de querelles intestines, de compétitions violentes pour la succession au trône, leur empire a été détruit et leur prépondérance ruinée au profit des Hovas soutenus par les Anglais. Il est resté seulement dans l'esprit des masses un respect superstitieux pour la race royale qui avait fait l'unité du pays. « Aujourd'hui la plupart des princes et des chefs sakalaves ont disparu ; les Hovas en ont supprimé une partie à la suite de la conquête, et ceux qui subsistent sont de fidèles serviteurs de la reine de Madagascar ou vivent dans des régions où nul n'a pu ou voulu pénétrer.

Ils ont encore gardé, aux yeux de leurs sujets, un certain prestige ; mais, en fait, leur autorité est réduite aux différends qui peuvent s'élever dans les familles ou dans les tribus. Ils peuvent encore, en vertu d'une sorte de caractère sacerdotal, prononcer l'interdiction des objets réputés *falis*, c'est-à-dire intangibles. Dans les villages où il n'y a pas de soldats hovas, ils règlent les contestations. Mais les Hovas leur retirent chaque jour une attribution nouvelle, sans d'ailleurs soulever leurs protestations.

L'Ikopa.

Un trait distinctif de cette race est une excessive coquetterie. Les deux sexes ont les cheveux tressés avec soin et portent à leurs poignets des bracelets d'argent. Les femmes se chargent également d'anneaux d'argent aux jambes, ce qui embarrasse parfois leur marche. Elles ornent leur cou de grands colliers de perles brillantes et celles qui épousent des Arabes portent aux narines un anneau d'argent au bout duquel pend une pièce de cinquante centimes et aux oreilles un petit morceau de bois d'ébène rond un peu renflé aux deux bords. Les femmes moins riches remplacent les bracelets d'argent par des amulettes. L'ivrognerie, poussée jusqu'à ses dernières limites, est une des grandes causes de leur faiblesse actuelle.

Les Betsiléos occupent la région montagneuse située dans l'intérieur de l'île, au sud de l'Imérina. Ils ont le visage plus brun que les Hovas, les lèvres plus épaisses, le nez plus aplati, le front plus bas; l'ensemble de leurs traits accuse plus de grossièreté naturelle que chez leur vainqueur. En revanche, leur stature est plus haute, leurs membres plus forts et mieux proportionnés. Mais quoique grands et robustes, leur tempérament peu nerveux et souvent lymphatique les rend moins énergiques au travail, moins capables d'efforts. D'un caractère doux et calme, d'une moralité supérieure à celle des autres peuplades, ils sont peu portés aux spéculations véreuses du mercantilisme hova, et tout leur bonheur consiste à vivre au milieu de leurs propriétés, entourés d'une nombreuse famille. Ils sont très habiles dans l'art de creuser des canaux qui conduisent l'eau jusque dans l'intérieur des montagnes et leur permettent de convertir leurs champs en rizières.

Avant la conquête, c'est-à-dire à la fin du siècle dernier, ils habitaient exclusivement dans des villes placées au sommet des montagnes, entourées d'une triple enceinte de fossés profonds et où l'on n'avait accès que d'un seul côté. Ces villes sont aujourd'hui abandonnées et les Betsiléos se logent dans des fermes éparses au milieu des plaines et entourées d'épais massifs de cactus épineux vraiment impénétrables. Leur douceur explique pourquoi ils ont été soumis avec tant de facilité par les Hovas qui exercent une domination tracassière, tyrannique, dépouillant les propriétaires de **leurs** terres, sous les moindres prétextes, et les réduisent souvent à la condition d'esclaves.

Leur capitale est Fianarantsoa, ville renfermant une population d'environ dix mille habitants. Les Hovas qui y tiennent garnison occupent également d'autres postes. Néanmoins malgré leurs précautions et le caractère des habitants, les conquérants y maintiennent difficilement la tranquillité, car des bandes de *faha-vales*, formées de soldats déserteurs ou de Betsiléos désireux de secouer le joug, troublent le pays où ils opèrent des razzias continuelles.

CHAPITRE DEUXIÈME

Mœurs et coutumes. — Religion. — Agriculture. — Industrie. — Commerce.

La société malgache repose sur la division en castes, qu'on trouve chez la plupart des peuplades de l'île.

Ce nom de caste désigne l'ensemble de familles issues d'un ancêtre commun, mort depuis de longues années. Chez les Hovas, il y a des castes nobles et des castes roturières. Les premières comprennent les malgaches d'origine malgache ; les secondes tous les sujets libres plus particulièrement désignés sous le nom générique de Hovas.

L'aristocratie Hova, fortement constituée, était autrefois très turbulente ; mais depuis le règne de Radama Ier, elle paraît complètement soumise à la royauté. Elle a conservé une sorte d'organisation féodale, possédant des fiefs sur lesquels elle jouit de droits assez étendus, sauf celui de rendre la justice. Les nobles partagent avec les roturiers les charges publiques, et n'ont droit qu'à certains honneurs dus à leur rang.

Bien que la bourgeoisie, en corps, n'ait aucune influence, les roturiers occupent, depuis le règne de Ranavalo Ire, plusieurs des hautes charges du royaume.

Au bas de l'échelle sociale se trouvent les esclaves qui se partagent en deux grandes classes : les esclaves du roi et ceux des particuliers. « Les premiers se divisent en Malgaches et en noirs. Les Malgaches ont les fonctions d'écuyers, de pages, de valets de chambre et peuvent épouser des femmes libres ; les noirs servent dans la garde ou dans l'armée ; il y en a qui sont officiers du palais ; d'autres occupent des emplois civils.

Ils ne peuvent se marier qu'entre eux ou avec des esclaves de particuliers.

Comme dans les pays civilisés, la famille est constituée par le mariage ; elle comprend non seulement le père, la mère et les enfants, mais les aïeux et les bisaïeux, s'ils vivent encore. La polygamie est permise, mais elle est assez rare, le divorce est facultatif pour le mari seulement. Pour le faire prononcer, il se rend chez le juge qui l'a marié et déclare qu'il rend la liberté à sa femme. On lui donne un délai de douze jours pour revenir sur sa détermination ; si, au bout de ces douze jours, il ne reprend pas sa femme, celle-ci est libre de se remarier.

Malheureusement, ainsi que le constate le P. La Vaissière, le rôle sublime du père et de la mère, représentants de Dieu dans l'éducation de leurs enfants, est complètement oublié à Madagascar. Tous les soins se réduisent à la lactation, souvent abandonnée aux esclaves, à la nutrition et au renouvellement d'un peu de toile, composant le vêtement. Pour tout le reste, ce sont les parents qui se font les humbles serviteurs des caprices de leurs enfants.

L'éducation de famille manquant, la formation sous le toit paternel est nulle ; l'enfant y grandit avec ses qualités et ses défauts naturels, sans que rien le contraigne, à peu près comme les boutons du rosier ou du chardon sauvage s'épanouissent aux rayons du soleil sur les bords d'un grand chemin.

« L'aspect d'un intérieur malgache dans la classe pauvre, dit Sibree, n'a rien de bien attrayant. Les murailles sont doublées de nattes en paille fine, qui cachent la surface rugueuse du bois, ainsi que le mortier qui remplit les jointures et les crevasses. Le plancher est ordinairement en argile battu, quelquefois recouvert de nattes ; les tables et les chaises brillent par leur absence ; on déroule une natte propre pour faire asseoir les visiteurs. A l'angle nord-ouest se trouve le foyer, formé d'une plate-forme cubique que mesure deux pieds en tous sens et qui est flanquée d'une demi-douzaine de pierres pour poser les ustensiles de cuisine. L'angle nord-est est occupé par un vaste bois de lit, ordinairement fixé à demeure, recouvert d'un mince matelas ou simplement de nattes pour tout sommier. Le mobilier comprend, avec quelques rouleaux de nattes, des cruches pour l'eau, des pots pour faire cuire le riz, de grands paniers carrés en paille contenant du riz ou du manioc, quelques cornes à boire, deux ou trois méchants couteaux, une couple de lances, et quelquefois une grande caisse en bois pour serrer des vêtements et des objets de valeur.

L'alimentation à Madagascar est peu variée, et le riz en forme la base principale. On ne mange guère que deux fois par jour, dans la matinée et après le coucher du soleil. Lorsque l'heure du repas est arrivée, le riz en paille, retiré de la fosse où il est conservé, est mis dans le mortier pour être pilé par les femmes, opération très laborieuse. Ensuite il est versé dans une marmite en terre placée sur un trépied, parfois en fer, le plus souvent formé de trois pierres. Le feu qui sert à la cuisine est alimenté par des herbes sèches ou de la paille ; seuls les riches se servent de bois.

Généralement, les pauvres mangent le riz sans viande, se contentant de le faire bouillir avec certaines herbes qui servent de légumes ; quelquefois ils en sont réduits à manger la racine de manioc, aliment nourrissant mais peu savoureux. Cependant, dans la plupart des ménages, on fait cuire avec le riz, un rôti à part, un petit morceau de viande.

Comme boisson, ils font usage pendant leurs repas d'une sorte de café appelé *ranagung* (eau de riz) qu'ils préparent en faisant bouillir de l'eau dans le pot au riz aux parois duquel les grains rôtis ou brûlés sont restés attachés après la cuisson. Cette eau qui a un goût de brûlé, affreux pour le palais d'un Européen, est jugée délicieuse par les indigènes. Une autre de leurs boissons favorites, est le *betsa-betsa*, liqueur faite avec du jus de canne fermenté, d'eau et d'écorce amère d'afatraina. On verse l'eau sur le jus de canne, et après une première fermentation du mélange, on ajoute l'écorce qui produit une seconde fermentation. Tous les spiritueux distillés sont de mauvaise qualité ; toutefois le goût du thé et du vrai café commence à se répandre parmi les Malgaches.

Leur costume national, très simple, est en conformité avec le climat chaud où les vêtements européens qui serrent le corps sont souvent incommodes, tandis que ceux des indigènes sont lâches et flottants. Le vêtement ordinaire est le *lamba* ou *simba*, pièce d'étoffe, généralement blanche, dont les Malgaches se drapent gracieusement ou qu'ils portent roulé autour d'une autre pièce de toile, le *seidik* ou *sadik*, attachée autour des reins et dont les deux bouts, ramenés entre les jambes, pendent l'un avant l'autre en arrière jusqu'au genou. Le lamba est également le vêtement des femmes qui le portent comme un châle et y ajoutent un corsage étroit ou *canezou* dont les manches descendent jusqu'au poignet.

« Le costume national tend à disparaître de jour en jour. La plupart des femmes d'un certain rang ne sortent plus qu'habillées ou plutôt déguisées à l'européenne. C'est un spectacle grotesque que de les voir, avec une coquetterie ridicule, porter des crinolines, encore en faveur aujourd'hui, ou des cages. Peu leur importe que leur peau passe entre la jupe et le corsage.

» Les hommes, de leur côté, veulent endosser le costume européen ; mais ils ont l'air de mannequins, tandis qu'ils auraient assez bon air sous le lamba. Les uns ont un pantalon et pas d'habit, d'autres une veste, un habit sans pantalon. Ceux qui ont les deux ne savent pas les porter, et les officiers même, avec leurs costumes barriolés et chamarrés de broderies d'or et d'argent, ressemblent à des saltimbanques.

» Le peuple et les esclaves seuls conservent le costume national. Mais beaucoup portent aujourd'hui des chapeaux de paille, des coiffures de fantaisie ou des casquettes, soit des képis. »

La religion des Malgaches encore païens est une sorte de fétichisme qui diffère cependant de l'idolâtrie des peuples sauvages. On y retrouve, d'après le P. La Vaissière, un fond de croyances monothéistes qui semblent avoir constitué la religion primitive. Malheureusement, ce fond de croyances reste confiné dans les régions abstraites du dogme, tandis que le culte et la morale sont réglés par le fétichisme.

Les peuplades de Madagascar croient à un monde invisible où se meuvent des esprits puissants, les autres mauvais, également créés par l'être souverain, appelé Zanahary. Ces esprits sont des demi-dieux qu'il faut se concilier ou éloigner, suivant leur nature, par des présents et des sacrifices.

Quand les indigènes prient Zanahary, ils lui offrent : tantôt un bœuf blanc, présenté sans être immolé, tantôt une victime, bœuf ou poule, tantôt une mesure de riz; mais ils ne prient que lorsqu'ils ont quelque chose à demander. Le Père Moirand disait un jour à un Malgache :

— Viens prier.

— Prier quoi? répondit celui-ci. C'est-à-dire : « Je n'ai rien à demander maintenant, je n'ai besoin de rien. »

« Il n'y a ni prêtres ni sacrificateurs chez les Malgaches, ce sont les chefs de la tribu ou de la famille qui remplissent ces fonctions (1). »

Quoiqu'ils aient une vague idée de l'âme, ils croient qu'elle peut les quitter sans que la mort en résulte. Ils admettent généralement qu'elle se retire du corps de l'homme, un an avant la fin de sa vie. Cette âme ne s'envole pas de son plein gré, mais un esprit malfaisant, le sorcier, possède l'art de ravir l'âme à sa demeure; de là, vient qu'ils ne croient pas à la mort naturelle. La mort d'un vieillard, fût-il octogénaire, n'est attribuée ni à la maladie, ni à l'âge, mais à la vengeance d'un sorcier. Celui-ci, quand il a fait choix d'une

(1) Ch. Buet.

Guerrier gardant une idole.

3

victime, passe près d'elle, inoffensif en apparence, et, après s'en être emparée, l'emporte sous la plante de son pied. L'homme qui en est privé ne s'aperçoit pas tout de suite du vol commis; mais il maigrit peu à peu, perd ses forces, peut à peine marcher. Lorsqu'il s'est aperçu qu'il n'a plus d'âme, il cherche le moyen de la ressaisir. Un diseur de sort (*mpsikidy*) est consulté et, après avoir reçu une pièce de monnaie, déclare qu'elle est réfugiée sur une montagne qu'il indique. Là-dessus, on part à sa poursuite, emportant une corbeille à couvercle, destinée à la rapporter au logis. S'il connaît son métier, le rusé compère ordonne au malade certaines prescriptions hygiéniques, et, s'il revient à la santé, il annonce que l'âme est reprise, et le devin, qui, seul peut la voir, la ramène dans la précieuse corbeille. Tandis que les parents préparent une réception joyeuse à « l'heureux chasseur », le malade et son âme en corbeille arrivent ensuite et se présentent à la porte de la maison, où l'on sent déjà les apprêts d'un festin : « Soyez les *bien venus,* leur crient de l'intérieur des voix pleines d'allégresse; entrez, nous sommes ravis de votre retour. »

» On entre, on s'assied sur la natte neuve, déployée à la place d'honneur. Puis enfin, sur la demande générale, on ouvre la corbeille, et chacun peut constater de ses yeux que l'âme n'y est pas; preuve manifeste que, durant le trajet, ennuyée d'être dans la corbeille, elle a préféré rentrer en sa demeure. On s'en réjouit par une fête de famille, et le devin est congédié chargé de présents ; il a réussi.

» Quelquefois le mpsikidy est censé se tromper de montagne; son client ne va pas mieux; l'âme ne se retrouve pas. Il n'en fera pas moins faire la cérémonie du retour, avant que la vie n'abandonne tout à fait le malade. Il s'agit, en effet, pour lui, de ne pas perdre le fruit de ses peines, et de ne pas renoncer aux cadeaux d'usage en pareille circonstance (1). »

(1) P. La Vaissière.

La croyance à la métempsycose est à peu près générale dans l'île. Les Betsiléos prétendent qu'après leur décès, l'âme des nobles trouve un refuge dans le corps d'un serpent boa ; aussi ne rencontrent-ils pas un de ces reptiles sans mettre le genou en terre. Ils sont convaincus que l'âme d'un innocent passe dans le corps d'un agneau blanc, tandis que celle d'un malfaiteur ne trouve refuge chez aucun animal. Elle erre dans l'espace, s'incorpore la douleur et la maladie et jette un mauvais sort sur tous ceux qu'elle approche. Une de ces âmes douleurs s'étant logée dans la dent d'un seigneur, celui-ci, suivi de tout son peuple, abandonna son village pour aller en fonder un autre ailleurs.

Le culte des ancêtres occupe la première place dans le cœur des indigènes. Bien que, dans les honneurs qu'ils leur rendent, ils comprennent tous leurs parents dont le tombeau de famille a reçu la dépouille mortelle, leurs hommages s'adressent plus spécialement aux ancêtres fondateurs qu'ils regardent comme des anges gardiens. Ce sont eux qui punissent ou récompensent leurs descendants, qui distribuent la joie ou la tristesse, le bonheur ou le malheur. Ils frappent surtout ceux qui négligent d'exécuter les volontés testamentaires de leurs parents. Qu'un jeune homme, par exemple, meure après avoir hérité de son père, les Malgaches sont persuadés qu'il a été frappé pour n'avoir pas rempli les intentions paternelles ; « son père l'a étouffé, lui a tordu les entrailles. Les voisins le savent ; on a entendu ce triste combat, on a vu sur le toit de la case comme deux yeux brillants d'un rouge de feu. »

Les *sampy* (idoles) sont généralement en grand honneur ; ils consistent en un morceau de bambou, un bout de corne de bœuf ou un objet quelconque enveloppé dans deux bandelettes et perché au bout d'une hampe. Ils jouissent de propriétés merveilleuses, préservent de la foudre, de la grêle, de l'incendie, mettent en fuite l'ennemi, rendent invulnérable, font pousser le riz, retiennent les esclaves au foyer et les bœufs à la crèche, font découvrir les voleurs, prédisent l'avenir, désignent l'endroit où ont été enfouis les mauvais sorts jetés aux gens de la maison. Aucun d'eux n'a une vertu générale, et leur nombre est presque égal à celui des recettes pharmaceutiques. Un édit de 1869 a défendu d'avoir recours aux sampy, mais presque tous les Malgaches les interrogent en secret, et beaucoup d'entre eux sont persuadés qu'ils leur doivent l'aisance ou la santé.

Toutes ces croyances, toutes ces superstitions sont depuis longtemps combattues par les missionnaires envoyés par l'Europe chrétienne dans la grande île africaine. Dès le seizième siècle, des prêtres portugais firent quelques essais d'évangélisation ; aux deux siècles suivants, des missionnaires français tentèrent de s'établir à Madagascar, mais à peine avaient-ils fait quelques prosélytes que la persécution les atteignait. La religion catholique n'a sérieusement pénétré dans l'île qu'à partir de 1861, sous Radama II ; alors les efforts du Père Jouen, préfet apostolique de Madagascar, et de plusieurs autres missionnaires, furent couronnés de succès.

Des missionnaires protestants, appartenant à la secte indépendante (1), cherchèrent bientôt à arrêter leur œuvre de propagande par tous les moyens. Ces envoyés de l'Angleterre, poussés par la haine de la France et par la cupidité qui les caractérise (car ils sont commerçants en même temps que missionnaires), soutenus par des subventions considérables, ont réussi à s'insinuer à la cour hova et fait proclamer, sous la reine Ranavalo II, le protestantisme religion officielle. C'est grâce à cet appui qu'ils ont porté les coups les plus sensibles à la propagande catholique et à l'influence française.

A côté d'eux, quelques clergymen anglicans et quelques pasteurs norvégiens se font leurs auxiliaires dans

(1) On les appelle généralement *méthodistes*, quoique, sauf de rares exceptions, ils n'appartiennent pas à la secte qui porte ce nom en Angleterre et aux Etats-Unis. Ils se rattachent, d'une manière générale, aux différentes sectes indépendantes, c'est-à-dire n'admettant ni la hiérarchie, ni la liturgie religieuse de l'église anglicane.

cette tentative de conversion. Toutefois les premiers, d'ailleurs peu hostiles aux catholiques, n'obtiennent que de médiocres résultats. Les seconds se bornent à évangéliser la province connue sous le nom d'Ankaratra, située à trois journées de Tananarive; ils ne se livrent à aucune intrigue politique.

Malgré les persécutions, malgré l'expulsion dont ils ont été l'objet, nos missionnaires ont construit des églises, dont une cathédrale à Tananarive, une imprimerie pour répandre dans l'île des livres de prières et des ouvrages scolaires; leurs écoles renferment plus de vingt mille élèves des deux sexes et on peut évaluer à plus de cent mille le nombre des Hovas convertis au catholicisme. Mais si la reine et les hauts fonctionnaires appartiennent au protestantisme, une partie importante de la population de la capitale est devenue catholique.

L'appui du gouvernement hova n'a donc pas réussi à faire triompher d'une manière absolue la secte à Madagascar. En 1880, les indépendants enregistraient 244,000 adhérents; mais si leur troupeau s'est accru, grâce à cette protection, il est loin de s'améliorer. Ils sont parfois obligés de le constater eux-mêmes et leur organe officiel, le *Teny sou*, faisait cet aveu : « On peut dire que la charité du grand nombre s'est refroidie; beaucoup sont revenus en arrière et refusent d'entrer au temple, car ils étaient habitués à y venir par force et maintenant, hélas ! ils refusent d'y entrer si on ne les contraint pas de nouveau. »

Les peuples malgaches emploient les procédés de culture les plus primitifs. Ils ne labourent pas et se contentent de remuer la terre avec une bêche. « L'ensemencement est confié aux femmes et aux filles. Elles marchent de front, à travers champs, tenant à la main un bâton pointu, avec lequel elles creusent de petits trous dans lesquels elles jettent quelques graines de riz qu'elles recouvrent ensuite du pied. Cette opération, faite avec une assez grande régularité et une cadence très marquée, donne à ces femmes l'aspect d'une troupe de danseuses. Chez les Antankares, la terre, aprés la saison des pluies, est piétinée par les bœufs ; ce labour rudimentaire terminé, on sème le riz.

» Si, malgré la fertilité incontestable d'une grande partie du sol de Madagascar, l'agriculture y est encore, pour ainsi dire, dans l'enfance, cela tient, non seulement à l'indolence naturelle à la plupart des Malgaches, mais aussi à l'état d'esclavage dans lequel restent presque les deux tiers de la population et à la coutume, érigée en loi, qui veut que la reine soit l'unique propriétaire de toute la terre de Madagascar. Aucun sujet, à quelque rang qu'il appartienne, ne possède un seul pouce de territoire : il n'en a, en quelque sorte, que l'usufruit, que la souveraine veut bien lui accorder conditionnellement selon son bon plaisir. En vertu de la même loi, l'étranger ne peut acquérir la moindre parcelle du sol... Les grandes richesses de Madagascar ne commenceront à être réellement utilisées que le jour où l'esclavage aura disparu et où la propriété individuelle aura été constituée (1). »

L'industrie malgache est encore peu avancée, bien qu'elle se soit développée sous l'influence européenne. Cette situation tient surtout aux besoins très restreints des indigènes et à l'absence de communications, qui rend très difficile l'échange des produits.

Les tissus, les ouvrages en paille et en jonc figurent au premier rang de l'industrie indigène. Les tissus en soie sont les plus estimés.

Avec le chanvre on fait des lambas grossiers qui sont le vêtement ordinaire des pauvres, des esclaves et même des riches pour les jours ordinaires. Ce vêtement chaud et peu coûteux abonde sur les marchés à l'approche de l'hiver. Les feuilles de chanvre sont fumées par certains Malgaches en guise de tabac : c'est un véritable poison qui les enivre et finit peu à peu par les hébéter.

On fait aussi des tissus à l'aide du *raofia,* sorte de palmier ou de cocotier qui pousse à merveille sur le

(1) Notices coloniales.

littoral. Quelquefois ces tissus sont très fins et très délicats, surtout lorsque le raofia est mêlé avec le coton ou le chanvre ; mais le plus souvent il est employé pour la fabrication d'étoffes grossières comme les toiles d'emballage, les sacs pour le riz et les diverses céréales.

Avec les joncs des marais, les Hovas font des chapeaux, des corbeilles, de petites boîtes, ainsi que des nattes, dont les unes, plus grossières, remplacent le plancher dans leurs maisons, les autres, fines et plus soignées, principalement chez les Betsiléos et les Betsimiraraks, servent de nappes et de draps de lit.

La corne de bœuf opaque ou transparente fournit des assiettes, des cuillers, des fourchettes, des verres à liqueurs. Pour lui donner toutes ces formes « l'ouvrier indigène commence par chauffer à petit feu cette matière réfractaire, et, dès qu'elle est assez ramollie par la chaleur, il la découpe en lames plus ou moins épaisses. Ensuite il chauffe chacune des lames séparément. Devenues assez molles pour céder à une pression ordinaire, il les place dans un moule en bois, et les étend de manière à leur faire prendre la forme du moule. La corne refroidie sortira de ce moule, assiette, cuiller, etc. Quelques coups de polissoir achèveront l'ouvrage. » Ce sont là les plus gracieux produits de l'industrie malgache, ceux qui provoquent le plus l'admiration des étrangers.

Le minerai de fer abonde à Madagascar, principalement dans l'Imérina. Par exemple, l'habileté fait défaut aux ouvriers qui n'ont pas suffisamment profité des leçons des Européens, qu'ils se sont empressés d'oublier pour revenir à leurs anciennes routines. Par contre, les Hovas travaillent fort bien le fer-blanc avec lequel ils font des arrosoirs, des assiettes, des boîtes de toute dimension, des caisses, des malles, etc. Ils se recrutent dans la caste noble et sont de corvée toutes les fois qu'un travail important doit être exécuté au palais de la reine ou chez les hauts personnages.

Autrefois rien de plus simple que la construction des

maisons. Un humble toit de chaume soutenu par quelques poteaux en bois, des murailles en roseau ou en jonc, un plancher en rondins serrés les uns contre les autres au moyen de lianes de la forêt, des portes et des volets grossièrement taillés à coups de hache, voilà ce qui constituait la demeure d'un malgache. Il n'en est plus de même aujourd'hui, et si les cases en chaume et roseaux subsistent encore sur le littoral, elles sont en train de disparaître dans l'Imérina. L'art de la construction est un de ceux qui ont fait le plus de progrès. La terre durcie au soleil, offrant une très grande consistance et résistant à l'intempérie des saisons, la brique, cuite, au four ou séchée à l'air, le pisé, très rarement le bois seul, presque jamais la pierre, tels sont les éléments principaux des nouvelles habitations du pays des Hovas. Des maisons régulièrement bâties remplacent peu à peu les anciennes paillottes dans les villes et les villages un peu importants. Tamatave renferme, principalement dans la quartier européen, un grand nombre de maisons, non seulement convenables, mais de belle apparence, avec des appartements vastes et bien disposés s'ouvrant au rez-de-chaussée et au premier étage sur de grandes varangues (vérandas ou balcons) qui y entretiennent la fraîcheur dans les pays chauds.

Par les progrès déjà réalisés, on peut juger de l'avenir économique de Madagascar le jour où les bassins houillers situés dans les parages des baies de Passandava et de Bavatoubé, régulièrement exploités, fourniront l'aliment indispensable à tout développement industriel.

Le commerce intérieur a peu d'importance à cause du manque de voies de communication, de l'insécurité résultant de la mauvaise administration et surtout de l'absence qui créent les échanges (1). La plupart des

---

(1) Un des résultats de cette mauvaise administration est le *fahavalisme* ou le banditisme. Les *Fahavales*, répandus dans toute l'île, mais surtout dans le pays sakalave, se livrent surtout à l'enlèvement des bœufs et même des habitants qu'ils vendent comme esclaves. Ils opèrent par bandes nombreuses ayant une certaine organisation. Loin de les inquiéter, les gouverneurs malgaches se font souvent leurs complices et partagent avec eux les bénéfices de leurs expéditions.

Forge malgache.

peuplades vivent séparées des tribus voisines et tâchent de se suffire à elles-mêmes. Seuls les Hovas font exception ; soit par l'ambition de s'enrichir, soit par le désir d'étendre leur suprématie sur le reste de l'île, ils s'adonnent au commerce avec autant d'ardeur que les Européens habitant leur pays. En dehors des bazars établis dans les principales villes, il existe sur tout le territoire qui leur est soumis de grands marchés, portant le nom du jour de la semaine auquel ils sont tenus ; celui de Tananarive se tient le vendredi et est appelé *zoma*.

Leur physionomie est curieuse, car c'est une longue affaire qu'un marché à Madagascar ; la finesse et la ruse indigènes s'y exercent à plaisir. Le vendeur demande au moins le double de ce qu'il veut obtenir, tandis que l'acheteur offre bien au-dessous du prix qu'il est disposé à donner. Ce n'est qu'après de longs pourparlers qu'on arrive enfin à conclure l'accord, appelé en malgache *ary varotra*, c'est-à-dire vente débattue ou contestée.

Quant au commerce extérieur, il est difficile d'en établir la valeur même approximativement, la plus haute fantaisie présidant aux droits de douanes établis par les Hovas sur tout le littoral.

Les principaux produits d'exportation sont les bœufs, le riz et les peaux. Dans les îles Maurice et de la Réunion, le sol étant presque exclusivement consacré à la culture de la canne à sucre et du café, on fait venir de Madagascar le riz et les bœufs nécessaires à l'alimentation. Le riz connu sous le nom de riz blanc ou malgache est fort estimé quoique moins nutritif que celui de l'Inde.

Le commerce d'importation se compose principalement de toiles américaines et de rhum de Maurice. Prisant plus le bas prix que la qualité, les Malgaches achètent volontiers les toiles d'Amérique. Il en est de même du rhum de Maurice, celui de la Réunion ne pouvant être cédé au même prix à cause de sa qualité supérieure. Des navires français importent les soieries, les articles de Paris, les comestibles, la bière, les liqueurs, l'huile d'olive. Avec les tissus communs, les navires américains apportent des fusils, de la poudre et du plomb. La France n'occupe encore que le second rang pour les relations avec Madagascar, mais ses progrès sont rapides.

Le système monétaire mérite une mention toute particulière. « Les Malgaches n'ont pas de monnaie nationale et toutes les espèces qui circulent chez eux sont étrangères. La pièce de monnaie type est la piastre espagnole qui sert à fixer tous les prix. Elle a été pendant longtemps seule en usage à Madagascar, mais depuis quelques années on lui préfère la pièce de cinq francs de France, dont la valeur est à peu près équivalente ; du reste, on accepte presque toutes les monnaies d'argent qui ont sensiblement la même grandeur et le même poids. » Pour les sommes inférieures, on coupe la pièce par moitié, par quart et par fractions beaucoup plus petites encore. On pèse ces fragments avec de petites balances que les indigènes portent constamment avec eux.

La traite des esclaves, abolie sous le règne de Radama Ier, a subsisté encore longtemps sur la côte occidentale. Grâce à la surveillance des navires européens, cet horrible trafic a presque complètement disparu, bien que l'esclavage subsiste toujours à Madagascar.

CHAPITRE TROISIÈME

Organisation intérieure. — Gouvernement. — Administration. — Armée.

Le Gouvernement, chez les Hovas, a eu longtemps un caractère essentiellement despotique. Depuis 1881, il a paru entrer dans une nouvelle voie et se rapprocher davantage de la forme des gouvernements européens.

Mais cette organisation, inspirée par les méthodistes anglais, dans le but de donner le change aux nations européennes, n'a pas modifié sensiblement la marche du gouvernement, qui est resté presque aussi absolu qu'auparavant.

Quel que soit le nom du détenteur du pouvoir, son autorité est souveraine et sa volonté a force de loi. Les sujets sont tenus de la respecter jusqu'à ce que la mort ou une conspiration heureuse, ou tout autre événement du même genre, les fasse passer sous le joug d'un autre maître. Rois ou reines sont considérés comme d'origine divine; de là le respect servile et la confiance absolue qu'ils inspirent au peuple.

Si le pouvoir est despotique, la reine est gouvernée par une oligarchie qui exerce le pouvoir en son nom et à la tête de laquelle se trouve le premier ministre. Depuis le meurtre de Radama II, cette oligarchie n'a laissé arriver au pouvoir que des reines, qui n'ayant de la royauté que le titre et les honneurs, le pouvoir est concentré dans les mains du premier ministre, véritable maire du palais, qui administre au nom d'une royauté fainéante, nomme les autres ministres et commande l'armée. C'est en vain qu'il cherche à se cacher sous le nom de la souveraine, qu'il consulte, à la place des idoles, une sorte de parlement établi depuis peu pour prendre une décision, toutes ces consultations sont de pure forme. Pas plus que les gens du peuple, les membres du parlement ne peuvent lui faire d'opposition sans s'exposer à sa colère ou encourir sa vengeance.

Chaque matin, une assemblée ou *kabar* se tient chez la reine, où les ministres discutent les affaires du gouvernement. Ces kabars, en grand honneur chez les Hovas, se tiennent aussi chez les grands; on y noue des intrigues, on y forme des complots et on y prend des résolution politiques.

Les Hovas ont divisé Madagascar en provinces qui correspondent aux principaux groupes de populations; mais l'administration varie suivant qu'elle s'applique aux habitants de l'Imérina ou aux peuples conquis.

Dans chaque province, il existe un ou plusieurs gouverneurs, suivant le degré de soumission des tribus : c'est ainsi qu'il y en a douze chez les Betsimaraks, complètement soumis, et un seul chez les Bares, presque indépendants. Quelques rares peuplades, telles que les Antandroys et les Mahafales, n'ont chez elles aucun représentant du gouvernement hova.

Presque toujours un gouverneur est assisté d'un gouverneur en second, chargé de surveiller ses actes et d'en rendre compte à la cour; les actes de ces derniers sont également contrôlés par d'autres officiers jouant de même auprès d'eux le rôle d'espions. C'est ainsi que le premier ministre est renseigné sur les sentiments que nourrissent à son égard ses principaux agents.

Au bas de la hiérarchie administrative sont les chefs des villages choisis par les gouverneurs parmi les personnages notables de la population. Leurs attributions consistent à dresser la liste des hommes aptes au service militaire, et à présider aux opérations du recrutement; ils sont de plus responsables de la perception des impôts. Si les habitants d'un village refusent de payer l'impôt, ils doivent l'acquitter sur leur fortune personnelle.

L'honneur que retirent de leurs charges ces chefs de villages est largement compensé par les ennuis de toute sorte, car leurs administrés étant presque tous leurs amis ou leurs parents, ils n'ont pas, comme les gouverneurs, l'avantage de tirer un profit quelconque de leur situation. En effet, le choix des gouverneurs est soumis à des considérations purement financières. « Le premier ministre désigne ceux qu'il juge les plus capables, non pas d'administrer équitablement le pays, mais de procurer au trésor les ressources dont il a besoin. Comme il est entendu que le gouverneur et son personnel ne reçoivent aucune indemnité, on sait d'avance qu'ils recourent à certains procédés pour vivre comme le comporte leur situation ; mais leur dureté et leurs exactions même sont un gage pour le gouvernement central qui serait moins bien servi s'il avait affaire à un gouverneur honnête, consciencieux ou simplement sensible à la pitié. On fermera donc les yeux sur les abus qui pourront se produire, à condition qu'ils ne dépassent pas une certaine limite et que le gouverneur ne retienne pas tout par devers lui.

En somme, le gouvernement d'une province, à Madagascar, est une sorte de ferme que le preneur exploite à ses risques et périls, sous réserve de partager les bénéfices avec le propriétaire, c'est-à-dire le premier ministre.

» Il est des provinces plus riches que d'autres ; celles-là sont très recherchées par les candidats, qui n'hésitent pas à employer la corruption pour en obtenir l'administration. Des cadeaux habilement distribués aux secrétaires du premier ministre, à des membres de sa famille, à des parents de la reine, déterminent un courant sympathique en faveur du candidat dont les chances augmentent instantanément... Mais aussi quels avantages lorsque la place est obtenue ! Le gouverneur jouit d'une autorité presque absolue dans toute la province ; la difficulté des communications avec Tananarive l'obligerait même à une certaine initiative, s'il n'avait déjà le désir d'être presque indépendant. Mais son principal souci est de rentrer dans les avances qu'il a pu faire pour entrer en fonctions, et sa prise de possession se traduit généralement par des dons de joyeux avènement, tels que bœufs ou piastres qui pèsent très lourdement sur les indigènes. Ces avances récupérées, l'exploitation méthodique du pays commence

Rainilairivony, ex-premier ministre.

Il n'existe aucun système régulier de justice ou de finances ; tout dépend de la conscience ou de l'arbitraire du gouverneur. Les plus habiles s'enrichissent en peu de temps ; les autres peuvent se trouver dans une situation très précaire.

La corvée, les impôts, les douanes, sont la source principale de leurs revenus. Les plus gros bénéfices sont réalisés avec les Européens avec lesquels les droits de douane sont discutés de gré à gré. Ils font argent de tout, trafiquent de la justice; vendent les privilèges et se réservent les monopoles les plus lucratifs.

A toutes ces ressources, quelques-uns d'entre eux ajoutent le vol. « Dans certaines régions, les gouverneurs ne craignent pas de se faire les complices des *fahavales* ou brigands qui dévastent le royaume. La principale occupation de ces *fahavales* consiste à voler des bœufs, parfois des femmes et des enfants; ce sont les gouverneurs qui les leur achètent. Le prix n'est pas très élevé, mais chacun y trouve son compte. Aussi dit-on couramment à Tananarive que s'il n'y avait pas de gouverneurs, il n'y aurait pas de fahavales. C'est le gouverneur de Mandritsar qui est le plus vivement soupçonné de se livrer à ce trafic; il est en [tout cas certain que c'est dans son gouvernement que l'on vole le plus de bœufs et que les fahavales sont le moins persécutés. Un autre gouverneur, celui du Bouéni, pousse les indigènes à voler l'or exploité dans son territoire et partage avec eux et avec l'entourage du premier ministre le produit des rapines. Certains chefs sakalaves font mieux : ils se mettent eux-mêmes à la tête des bandes qui vont piller les provinces et ne reviennent que lorsqu'ils ont assez de butin pour vivre tranquilles et honnêtes jusqu'à la saison nouvelle (1). »

Contrairement à ce qui se passe dans les pays civilisés, les Malgaches paient de lourds impôts au gouvernement, mais n'en reçoivent aucun service en retour. Ces impôts sont nombreux et variés; les plus importants sont les droits de douane, l'impôt de la piastre et la corvée. Les droits de douane sont perçus en argent et en nature; les gouverneurs s'en réservent une large part et, comme ils préfèrent l'argent, ils envoient les

(1) Martineau.

Soldats Malgaches.

objets à Tananarive en guise de payement « et en remplissent les appartements de la reine et du premier ministre qui, à cette heure, doivent être, en liquides et en toile, les plus riches propriétaires de Madagascar. » Bien que ces droits soient calculés en principe à raison de 10 °/₀ de la valeur du produit, les gouverneurs des provinces du littoral, pour attirer les marchands, traitent avec eux de gré à gré et leur font de larges concessions ; les deux y trouvent leur compte, le commerçant en payant moins, le gouverneur en faisant plus d'affaires.

L'impôt de la piastre, récemment créé, est ainsi nommé parce que chaque individu doit payer chaque année une piastre ou cinq francs au gouvernement. Tel est le principe, mais dans la pratique il en est tout autrement, car il est perçu très arbitrairement et d'après les indications les plus vagues. Fixé primitivement à cinq francs, il s'élève parfois à cinquante ou soixante francs. Tout homme qui travaille est censé posséder un certain bien-être ; aussi est-il dépouillé, sous prétexte d'impôt, de la plus grande partie de son bien. Pour échapper aux vexations incessantes dont ils sont l'objet, les commerçants dissimulent leurs opérations, les ouvriers ne travaillent plus que pour les besoins stricts de leur existence ou vont grossir les bandes de brigands qui infestent certaines parties de l'île.

Pendant longtemps, on ne connut à Madagascar aucune distinction entre les sujets, au point de vue civil et militaire. Le même homme qui, en temps de paix, faisait paître ses troupeaux ou cultivait ses rizières, devait, en temps de guerre, s'armer de la lance et du fusil pour marcher contre l'ennemi.

C'est Radama Iᵉʳ qui a conçu l'idée d'avoir une armée organisée à l'européenne. Sous l'inspiration de l'Angleterre, qui lui fournit des armes et des instructeurs, il constitua une armée d'une vingtaine de mille hommes, qui, malgré ses défauts, devait rendre les Hovas supérieurs aux autres peuplades. Grâce à cette armée, ils ont pu étendre, dans la suite, leur domination dans l'île et entraver, d'une manière sérieuse, l'action de la France. Cependant aucune organisation régulière ne présidait au recrutement des troupes, mal armées et à peine habillées ; malgré la réforme, elles étaient encore un ramassis d'hommes se ruant sur le territoire à conquérir, et l'emportant plutôt sur l'ennemi par la ruse et la terreur que par le courage et la science militaire.

Mais une nouvelle organisation, toujours dictée par les Anglais, a opéré une transformation sérieuse dans l'armée hova. En principe, tout homme libre et valide, âgé de dix-huit ans accomplis, doit le service militaire. Les chefs convaincus d'avoir exempté de leur propre autorité un homme du service militaire sont passibles d'une amende de cinq cents francs et perdent leur grade. La durée du service est de cinq ans; ce tribut une fois payé, le Malgache est libre, sauf dans les cas extrêmes où il peut être rappelé sous les drapeaux. Enfin, les soldats envoyés dans les pays conquis ou les postes éloignés doivent être remplacés chaque année.

Ces prescriptions excellentes ne sont jamais complètement observées. Lorsque la répartition du contingent est faite par district et par village, chaque chef de village, assisté de deux agents, dirige les opérations du recrutement. Comme les Hovas ont peu de goût pour le service militaire, les uns cherchent à y échapper, au moyen de cadeaux, les autres s'enfuient dans la brousse ou dans les provinces éloignées, d'autres se font attacher à la personne des gouverneurs, en qualité d'aides de camp, titre qui leur confère toutes sortes d'immunités (1). Pour combler les vides et atteindre l'effectif fixé, les chefs enrôlent parfois des jeunes gens de quinze

(1) « Radama Ier, dit le commandant d'Equilly, qui avait voulu tout régler à l'européenne, n'avait pas oublié la création des états-majors et spécialement celle des officiers d'ordonnance. Il avait d'abord fixé le nombre d'officiers que chaque officier général pourrait avoir auprès de sa personne; mais, le temps aidant, on permit à ces hauts personnages de déterminer eux-mêmes le chiffre de leurs aides de camp et ce chiffre atteignit bientôt des proportions fantastiques. Vers 1860, il n'y avait plus de soldats dans l'armée hova, on n'y trouvait que des aides de camp. Le premier ministre Raïnivohitriony, remercié en 1864, en légua sept mille à son frère et successeur. Celui-ci ayant été constitué par l'usage héritier des aides de camp de tous les officiers généraux morts, on vit le nombre s'élever au chiffre de dix mille. »

ans et au-dessous et même des vieillards. Les hommes enrôlés ne font pas tous le même service ; une grande partie d'entre eux, une fois les opérations du recrutement terminées, retournent dans leurs villages où ils s'instruisent sur place et sont à la disposition du gouvernement. Les autres restent en garnison à Tananarive ou sont envoyés dans les villes de la côte, ou les postes intérieurs de l'île. Les troupes de Tananarive forment la garde royale (4,000 hommes environ), qui a une organisation spéciale et est le véritable noyau de l'armée hova. Tous les jours, trois cents hommes font un service régulier, les uns au palais, les autres dans la ville.

« Les jours de revue, au milieu de la matinée, la reine se montre ordinairement au balcon du palais, sur la façade qui regarde le Champ-de-Mars. Dès qu'on aperçoit le parasol rouge sous l'un des arceaux de la véranda, les cors sonnent le « garde-à-vous » la masse des troupes fait face à la souveraine, et, après avoir joué quelques moments l'air national, elles exécutent le salut militaire au milieu des cris répétés de *travantitra* (*qu'elle vive longtemps !*) Lorsqu'on lit un ordre du jour à l'armée, ou un message de la reine, tous les régiments se forment en un carré massif peu avant l'heure du départ, pour entendre la communication faite par le commandant ; après quoi ils se dispersent. C'est un spectacle curieux, depuis les hauteurs de la ville, que la dispersion des soldats après l'exercice. Les lignes se brisent l'une après l'autre en une infinité d'atomes distincts, et la plaine se couvre aussitôt d'individus courant chez eux dans toutes les directions. Il n'est pas moins intéressant d'observer avec quelle rapidité on met de côté les uniformes pour reprendre, avec un sentiment de soulagement non dissimulé, le lamba de chanvre grossier où l'on se meut à l'aise. Les officiers et la musique ne se dispersent pas dans la plaine ; ils viennent en corps à la ville pour présenter leurs respects à la reine, dans la cour du palais, avant de rentrer chez eux.

Le recrutement ne s'opère d'une manière régulière

que dans l'Imérina et le pays des Betsiléos ; chez les autres peuplades, des soldats hovas sont envoyés pour encadrer les indigènes peu nombreux qui consentent à s'enrôler. Quelques-uns comme les Betsimiraraks se laissent facilement incorporer, mais les Sakalaves évitent presque toujours les charges militaires qu'on veut leur imposer, tandis que les Antanosses, en révolte perpétuelle, s'y refusent ouvertement.

L'armée hova, forte de trente à trente-cinq mille hommes, atteint, avec les contingents auxiliaires, le chiffre d'environ soixante mille hommes, qui, s'ils étaient bien encadrés, bien instruits et bien équipés, constitueraient un danger sérieux. Mais, outre que l'esprit militaire fait défaut, que la discipline est fort relâchée, les cadres très nombreux, car ils constituent près du tiers de l'armée totale, manquent de science et d'expérience. Seuls quelques jeunes officiers, formés à l'école du colonel anglais Shervinton, ont des connaissances militaires.

Beaucoup de soldats se dispensent d'assister régulièrement aux exercices, soit en invoquant des cas de dispense, facilement admis, ou en donnant une petite somme d'argent à un officier. Bien qu'ils obéissent avec une certaine docilité, que leurs mouvements aient une correction apparente, leur éducation militaire est peu avancée, et un de leurs instructeurs s'exprime ainsi à leur égard : « Les mouvements sont peu variés et se réduisent simplement à des contremarches, au passage d'une ligne colonne à une colonne perpendiculaire et réciproquement, à l'augmentation ou à la diminution des intervalles entre les colonnes d'une même ligne. Les colonnes s'éloignent et se rapprochent par le pas de côté, sorte de pas répété, saccadé et d'un effet bizarre. »

Les formations de combat sont appréciées de la manière suivante : « Chaque chef, en particulier, fouillant dans ses souvenirs en empruntant quelques idées sublimes à la lecture de quelque vieil ouvrage ou à la conversation avec des Européens, s'évertue à trouver, pour ses hommes, une formation de combat. Le clairon sonne : les hommes, rompant leurs rangs, vont se rassembler sur le point le plus éloigné de la place; les officiers à cheval vont se placer au centre de leurs troupes. Deuxième sonnerie, et l'on voit se détacher du gros une ligne de tirailleurs; le fond du tableau est

Soldat de la garde d'honneur.

occupé par le reste de la troupe qui s'agite, se disloque et subitèment on voit apparaître sur l'herbe de la plaine, dessinés en murailles humaines, des redoutes, des batteries, des carrés, des ronds et même des croix. »

Ce sont là les seuls exercices des Hovas, les manœuvres de campagne étant considérées comme trop faciles et les exercices de tir étant peu fréquents. Ils sont moins rares sur les côtes qu'à Tananarive où les fusils servent surtout de parade aux soldats.

Si l'uniforme a perdu le caractère ridicule qu'il avait autefois, il n'en est pas moins très défectueux. Le soldat s'habillant à ses frais en prolonge le plus longtemps possible la durée. A la longue, l'usage donne au vêtement des teintes indéfinissables. « Les officiers ont une

Garde de la résidence de la reine.

meilleure tenue, proportionnée à leur fortune. Dans les grades les plus modestes, les plus riches peuvent avoir des habits de généraux, et, réciproquement, les généraux peuvent être habillés en simples capitaines. Seulement, chaque habillement, dans son ensemble, a une certaine unité harmonieuse; il est moins disparate qu'on ne se l'imagine habituellement. Les uniformes anglais sont les plus estimés; on les agrémente encore, selon sa fantaisie, de larges bordures d'or et d'argent. Sur les habits froidement corrects des Européens, les Hovas n'ont point trop mauvaise figure; ils ne paraissent pas gênés dans leurs mouvements. Si l'uniforme était imposé, avec toutes les distinctions que comporte la hiérarchie, leurs officiers, sans avoir l'air belliqueux, ne prêteraient que fort peu à la critique ou à la raillerie.

» Si les soldats hovas ne sont pas équipés par leur gouvernement, ils ne sont pas davantage logés et nourris. Il n'existe nulle part des casernes telles que nous en avons en Europe; à Tananarive, les soldats se logent où ils veulent; il suffit que, le mardi matin, ils se rendent sur le champ de manœuvre de Souanirane. En province, les aides de camp du gouverneur habitent ordinairement avec lui dans les batteries; les soldats cherchent en ville un abri. Là où la sécurité est moins grande les cases des soldats se groupent autour de celle du gouverneur; mais c'est le soldat qui construit sa case à ses risques et périls. »

Cette absence de casernement a les plus funestes effets pour la discipline. « Le soin laissé à chaque homme de pourvoir à ses besoins contribue encore à énerver les forces hovas et à empêcher toute instruction militaire sérieuse. Quels efforts exiger d'hommes qu'on ne nourrit pas? Si peu de besoins que l'homme puisse avoir sous les tropiques, il faut pourtant vivre. C'est ce qui explique qu'à Tananarive, tant de soldats manquent aux appels du mardi; la plupart d'entre eux sont engagés comme porteurs entre Tananarive et Tamatave, et leur absence dure quelquefois six semaines ou deux mois. D'autres, moins travailleurs, troublent la sécurité de la ville par des vols répétés et impunis; quelques-uns enfin parviennent à fuir, et gagnent les immenses solitudes du nord-ouest, seulement parcourues par les troupeaux et se livrent au vol ou au commerce des bœufs (1). »

(1) Martineau.

Chute du Filhérénane.

Quant à la hiérarchie militaire, elle est la même que sous Radama Ier. Ce prince ayant adopté, pour ses soldats, le système des grades en usage dans les armées européennes, avait chargé le francais Robin d'en désigner les noms. Dès lors, dans un français devenu malgache, le simple soldat fut appelé *sorodany*, le sergent *sariza* et ainsi de suite. Mais ces noms étrangers, embarrassant la langue du Hova. furent remplacés par la qualification d'honneur précédée du numéro qui indique le grade. Aujourd'hui l'armée Hova comprend seize honneurs équivalent aux grades suivants : 1er honneur, soldat, — 2e honneur, caporal, — 3e honneur, sergent, — 4e honneur, adjudant ou sous-lieutenant, — 5e honneur, lieutenant, — 6e honneur, capitaine, — 7e honneur, chef de bataillon, — 8e honneur, lieutenant-colonel, 9e honneur, colonel, — 10e honneur, général de brigade, — 11e honneur, général de division, 12e honneur, maréchal. Les seigneurs hovas ayant trouvé le grade de maréchal insuffisant, sur leurs instances, quatre honneurs furent créés : 13e honneur, maréchal-général, — 14e honneur, maréchal suprême, — 15e honneur, maréchal extraordinaire, — 16e honneur, maréchal tout à fait extraordinaire. Enfin le commandant en chef est le 17e honneur, titre que portent également quelques membres de la famille royale.

La hiérarchie civile étant la même que la hiérarchie militaire, ce système d'honneurs a donné lieu à de nombreux abus, à un favoritisme sans frein, auxquels on a tenté de remédier sans résultats sérieux.

L'armée hova ne peut donc soutenir aucune comparaison avec les troupes européennes. Beaucoup de soldats désertent, non par lâcheté, mais par dégoût du service militaire; en outre, son armement et son instruction sont peu perfectionnés. Toutefois, elle n'est pas une horde indisciplinée, incapable de soutenir la moindre résistance sérieuse ; mais, comme les événements derniers l'ont prouvé, cette résistance ne saurait être de longue durée.

CHAPITRE QUATRIÈME

Il était réservé à la France de fonder le premier établissement sérieux sur les côtes de la grande île afri-caine. Dès les premières années du dix-septième siècle, des navigateurs normands avaient abordé à Madagascar. Richelieu, qui voulait faire de la France une puissance maritime et coloniale de premier ordre, accepta les offres que lui fit le capitaine dieppois, Rigault, tant en son nom qu'en celui d'une Compagnie qui s'était formée en 1637 sous le nom de *Société de l'Orient*. Il fit signer par le roi Louis XIII, le 24 juin 1642, des lettres patentes qui octroyaient au capitaine Rigault et à ses associés la concession pendant dix ans de Madagascar et des îles adjacentes. Telle est l'origine des droits de la France sur Madagascar.

Le premier gouverneur Pronis, excita le mécontentement de tous par sa déplorable administration, et fut remplacé par Etienne de Flacourt. En 1652, la *Société de l'Orient* étant arrivée au terme de sa concession, le maréchal de la Meilleraye en obtint une nouvelle pour 10 années encore, mais fut impuissant à rendre florissante la nouvelle colonie.

L'œuvre entreprise par Richelieu avait été négligée par Mazarin, trop absorbé par d'autres préoccupations. Colbert reprit les projets du grand ministre. Profitant de la dissolution de la Compagnie de l'Orient, il résolut de substituer à l'initiative privée une sorte de colonisation officielle.

Dans ce but, il fonda la Compagnie des Indes orientales, au capital de quinze millions.

Un édit de 1665 donna à Madagascar le nom d'*Ile Dauphine*; sur le sceau royal, que Louis XIV offrit au Conseil souverain de la colonie, se lit un nom plus glorieux: FRANCE ORIENTALE (1).

Malgré tout, les gouverneurs successifs de l'île, la Case, Mondevergue, la Haye, ne furent pas heureux dans leurs tentatives de colonisation. Ce dernier finit par abandonner l'*Ile Dauphine* pour les Indes, emmenant avec lui presque tous les hommes valides.

A partir de 1672, pendant plus d'un. siècle aucun établissement sérieux ne fut tenté à Madagascar, et bien que sous la Régence la Compagnie des Indes eût acquis le monopole exclusif du commerce dans ce pays, elle n'en tira aucun parti. Dans tout le xviiie siècle, il n'y a guère à signaler que les tentatives d'abord heureuses de Benyowski, ses échecs suceessifs et enfin sa mort.

En 1804, le général Decaen, gouverneur de nos possessions de la mer des Indes, comprenant leur importance, résolut de les réorganiser. Nos établissements malgaches formèrent un sous-gouvernement avec Tamatave pour chef-lieu. Sylvain Roux, nommé agent général, mit immédiatement cette bourgade en état dé défense, éleva des forts, des batteries, et créa une milice. Mais la bataille de Trafalgar avait ruiné notre puissance maritime. Les Anglais, devenus maîtres de Bourbon et de l'île de France, en 1810, attaquèrent les comptoirs français et forcèrent Sylvain Roux à capituler dans Tamatave (1811). Atteints de leur côté par la fièvre, ils se bornèrent à occuper les forts, sans se fixer sur aucun point du littoral, qui fut ainsi abandonné aux indigènes.

L'épopée impériale s'était terminée à Waterloo, et

(1) A. Rambaud.

la paix de 1815 rendait à la France ses anciennes colonies, à l'exception de Tabago, de Sainte-Lucie et de l'île de France. Mais un conflit diplomatique surgit entre la France et l'Angleterre à propos de l'article suivant du traité de Paris : « Sa Majesté Britannique, stipulant pour ses alliés, s'engage à restituer à Sa Majesté Très Chrétienne, dans les délais ci-après fixés, les colonies, comptoirs et établissements de tous genres que la France possédait, au premier janvier 1792, dans les mers et sur les continents de l'Amérique, de l'Afrique et de l'Asie ; à l'exception toutefois des îles de Tabago et de Sainte-Lucie, de *l'île de France et de ses dépendances*, nommément Rodrigues et les Seychelles, lesquelles Sa Majesté Très Chrétienne cède, en toute propriété et souveraineté, à Sa Majesté Britannique. »

Sir Robert Farquhar, gouverneur de l'île de France, devenue anglaise et appelée île Maurice, s'appuya sur ce texte si clair pour soutenir que Madagascar figurait parmi les dépendances de l'île de France. Il écrivit, au mois de mai 1816, au gouverneur de Bourbon qu'il avait l'ordre du gouvernement anglais « de regarder l'île de Madagascar comme ayant été cédée à la Grande-Bretagne, sous la dénomination générale de *dépendances de l'île de France*, et de maintenir pour l'Angleterre *l'exercice exclusif de tous les droits dont la France y jouissait autrefois.* » Il ajoutait *qu'il pensait accorder des licences aux navires français* qui voudraient faire quelque commerce sur certains points de la côte.

Considérer la grande île de Madagascar comme une annexe de la petite île Maurice, alors surtout que Rodrigues et les Seychelles étaient spécialement désignées, était une prétention au moins singulière. Comme le dit M. Gabriel Marcel, « la plaisanterie était un peu forte! Madagascar une dépendance de l'île de France; autant dire que l'Angleterre est une dépendance de l'île de Man ! »

Cette prétention n'était qu'une misérable chicane

fondée sur une interprétation de mauvaise foi. Le gouvernement de la Restauration réclama avec énergie et l'Angleterre dut enjoindre à sir Robert Faquhar de remettre au gouverneur de l'île Bourbon les anciens établissements français de Madagascar. Cette renonciation officielle, qui porte la date du 18 octobre 1816, était, de la part de nos insatiables rivaux, une reconnaissance formelle des droits de la France. Mais l'échec diplomatique n'arrêta pas les intrigues de l'Angleterre qui « inaugura à Madagascar la politique qu'elle suit encore. Adroite et cauteleuse autant que patiente et insaisissable, cette politique toujours fuyante, mais toujours active, a poursuivi à travers le temps et les événements son immuable but : la ruine de l'influence française et l'annihilation de nos droits sur la Grande Ile. (Macquarie) ».

Encouragé en secret par son gouvernement qui l'avait officiellement désavoué, sir Robert Farquhar avait changé ses batteries. Ayant vu rejeter ses interprétations diplomatiques, « il inventa un système plus ou moins nouveau qui consistait à considérer l'île Madagascar comme un pays indépendant, voulant vivre de la vie des peuples libres. Dans ce but, il considérait que l'Angleterre était parfaitement autorisée à contracter des alliances avec les différentes tribus de l'île, particulièrement avec les Hovas, et à leur fournir, au besoin, des instructeurs, des officiers, des armes, pour résister à leurs ennemis. Il va sans dire que ces ennemis c'était nous. » Il fit preuve dans cette entreprise d'une telle persévérance qu'il fut sur le point de réussir et de substituer définitivement l'influence anglaise à celle de la France, car il était parvenu à se faire un allié et un ami du roi alors régnant, Radama Ier le Grand.

Ranavalo Ire monta sur le trône à la mort de ce prince, en 1828, et se montra aussi cruelle pour ses sujets, aussi hostile aux étrangers. Elle voulut expulser de l'île Français et anglais, et, malgré leurs réclamations, douze traitants anglais et onze français furent chassés de Tamatave, leurs marchandises pillées et leurs propriétés dévastées.

L'Angleterre et la France s'associèrent pour châtier l'insolence hova, sourde à toutes les représentations. Les navires français, le *Berceau* et la *Zélée*, sous les ordres du commandant Romain Desfossés et la corvette anglaise, le *Conway*, commandée par le capitaine Kelly, bombardèrent Tamatave (15 juin 1845). Trois cents marins descendirent à terre, repoussèrent l'ennemi auquel ils tuèrent quatre cents hommes, sans autre perte, du côté des alliés, que quelques tués et blessés. Mais, faute de munitions suffisantes, ils ne purent se maintenir dans la ville et furent obligés de se rembarquer. Les Hovas, revenus de leur surprise, s'attribuèrent la victoire. A peine les marins français et anglais étaient-ils remontés à leurs bords respectifs, qu'ils purent voir les têtes de leurs camarades tués dans le combat fixées sanglantes au bout des sagaies et plantées le long du rivage où elles devaient rester dix ans. Quand la reine apprit cette nouvelle, elle se vanta d'avoir vaincu les Anglais et les Français coalisés ; sa joie fut telle qu'elle dansa de bonheur, que tout son camp dansa avec elle, au bruit de cinq salves de canon.

L'annonce de ces événements excita une vive indignation en France, et une expédition nouvelle fut préparée, dont la direction devait être confiée au général Duvivier. Mais la Chambre des Députés, hostile aux expéditions lointaines, adopta, dans sa séance du 5 février 1846, la résolution suivante : « La France n'abandonne aucun de ses droits, mais elle ne s'engage pas sans nécessité dans de lointaines et onéreuses expéditions. » Quant à l'Angleterre, elle envoya une flottille devant Tamatave, non pour venger ses nationaux, mais pour appuyer la reprise des négociations ; elle fit offrir à Ranavalo une indemnité de quinze mille dollars pour la part prise au bombardement de Tamatave. La reine repoussa longtemps ses offres, et pendant huit années Madagascar resta fermée au commerce européen.

Cependant, en 1840, trois Français, MM. Laborde, Vinson et Lambert furent jetés par une tempête sur les côtes de Madagascar. Ils surent s'attirer les bonnes grâces de la terrible reine, qui ne renonça pourtant pas toujours, en leur faveur, à ses tyranniques habitudes. Mais à sa mort (18 août 1861), les trois patriotes avaient un allié en la personne du nouveau roi, Radama II.

Ce règne inaugura une ère nouvelle à Madagascar. Généreux et enthousiaste, mais d'un caractère un peu faible, Radama II avait été initié par MM. Laborde et Lambert à la civilisation européenne. Partisan du progrès, il le voulut sans bornes, sans mesure, et chercha par tous les moyens à en procurer le complet épanouissement au milieu de ses sujets. « C'est une pensée fixe chez Radama II, écrivait le P. Jouen au mois de novembre 1862, de convier à la civilisation de son pays, non point la France et l'Angleterre seules, mais tous les peuples de l'Europe et même du monde entier. Ce prince n'exclurait pas plus les Chinois et les Turcs, s'ils se présentaient, que l'Espagnol et le Russe. Il est profondément convaincu que jamais les populations malgaches n'arriveront à un véritable progrès sans le concours et l'expérience, les lumières et les ressources des nations civilisées. »

M. Lambert fut envoyé comme ambassadeur en France, dans le but de renouer les négociations commencées en vain sous le règne précédent. Le gouvernement impérial ne se contenta pas de reconnaître seulement Radama II comme roi des Hovas, mais comme roi de Madagascar, sous la réserve des droits de la France.

Les gouvernements français et anglais se firent représenter au couronnement qui eut lieu le 23 septembre 1862, le premier par le commandant Dupré, le second par le général Johnstone. Des fêtes splendides eurent lieu et sous la tente où fut célébré le festin, on voyait les drapeaux réunis de Madagascar, de France et d'Angleterre suspendus au-dessus d'écussons de

M. Laborde, ancien consul de France à Madagascar.

feuillages portant les initiales N. R. V. (Napoléon, Radama, Victoria). M. Laborde fut créé consul de France à Tananarive et M. Lambert, duc d'Emyrne.

Des missionnaires catholiques furent appelés dans l'île et les PP. Jouen et Finaz surent y organiser une mission florissante. Les méthodistes revinrent également et, parmi eux, Ellis, retiré à Maurice à la suite de son premier échec, qui allait recommencer ses menées contre les Français et contre le roi lui-même.

Tout en évitant de blesser l'amour-propre de l'Angleterre, le roi signa, le 12 septembre 1862, un traité de commerce et d'amitié avec la France qui concédait à nos nationaux la faculté d'acheter, de vendre, d'exploiter des terres, de posséder des maisons, des magasins dans toute l'étendue du territoire hova. Peu de temps après, M. Lambert revenait à Paris pour constituer sous le patronage du gouvernement impérial une Compagnie de Madagascar, présidée par un sénateur, M. de Richemont. Cette société, au capital de cinquante millions, rappelait sur beaucoup de points l'ancienne Compagnie des Indes orientales, fondée sous Louis XIV. Elle était déjà constituée, ses ingénieurs et ses ouvriers arrivaient dans l'île lorsque éclata la révolution du 12 mai 1863.

Malgré les sages conseils de M. Laborde, Radama II, emporté par son zèle, n'avait pas su ménager les transitions, éviter certains froissements. De là des mécontentements, habilement entretenus et exploités par les méthodistes, qui voulaient à tout prix empêcher le catholicisme et l'influence française de s'implanter à Madagascar. Le révérend Ellis s'unit au vieux parti hova, hostile à toute réforme, et distribua de fortes sommes d'argent. Tout entier à ses théories de civilisation illimitée, le monarque ne prenait aucune précaution contre la conspiration anglo-hova qui se tramait dans l'ombre. Les conjurés réclamèrent d'abord au roi l'éloignement de certains officiers du roi et l'annulation des concessions faites aux étrangers. Sur son refus, ils envahirent le palais le 12 mai 1863, et mirent à mort Radama en présence de la reine évanouie. Le docteur Vinson raconte ainsi la scène du meurtre, d'après le récit que lui en fit le P. Finaz : « A neuf heures du matin, douze conjurés pénètrent dans le palais. Au bruit qu'elle entend, la reine accourt éperdue pour sauver le roi ; mais on la repousse. L'infortuné prince, qui devine les projets des assassins, se jette en avant pour la sauver. et la croyant en danger, demande à périr avec elle ; mais on lui fait lâcher prise à coups de plat de sabre. Ses bras sont meurtris, il est sans armes, on le terrasse. Voyant sa dernière heure arrivée, en présence de la mort, il s'écrie : « Je n'ai jamais versé le sang de personne. » On l'étrangle avec un *lamba* de soie, l'usage ne permettant pas de répandre le sang d'un prince.

Sa veuve Rabodo fut, malgré ses répugnances, proclamée reine sous le nom de Rasoherina.

Le vieux parti hova et les méthodistes triomphaient. Ellis était tout puissant, le protestantisme revint en faveur ; des temples, une imprimerie et un hôpital anglais furent construits à Tananarive. En même temps une vive réaction s'opéra contre la France, la charte Lambert fut annulée et la Compagnie de Madagascar dissoute.

Cependant les vainqueurs n'étaient pas sans inquiétude, la France pouvant bien exercer des représailles et demander l'exécution du traité violé. Mais le gouvernement impérial se borna à des protestations menaçantes dont les Hovas se montrèrent peu touchés. Il se contenta de réclamer une indemnité de 1,200,000 francs en faveur des capitalistes de la Compagnie de Madagascar, lésés par l'abolition de la charte Lambert. Après de longs pourparlers, cette indemnité fut réduite à 900,000 francs, dont le paiement s'effectua, non sans difficultés, au mois de janvier 1866.

Engagé dans la malheureuse expédition du Mexique et désireux de rester en bons termes avec l'Angleterre, le gouvernement français ne voulut pas pousser plus loin ses revendications. Le cabinet britannique, au contraire, soutenait les meurtriers et, reprenant avec eux ses anciens procédés de corruption. obtint la signature d'un traité très avantageux pour le commerce et les nationaux anglais. Tandis que les méthodistes ne cachaient pas leur joie, les Français étaient en butte aux vexations de toute sorte de la part du premier ministre, Rainivoninahitrininony, et les missionnaires catholiques, les PP. Jouen, Finaz, Cazet, etc., surmontaient avec un courage inébranlable les difficultés incessantes que leur suscitaient le gouvernement hova et leurs rivaux protestants, sans autre appui que celui de M. de Laborde, dont le crédit, il est vrai, ne tarda pas à se relever. Le comte de Louvières, envoyé par la France pour négocier un nouveau traité, fut très mal reçu et sa mort, survenue en 1867, coupa court à toutes les négociations.

Toutefois, la toute-puissance de l'Angleterre n'était pas sans inquiéter la reine qui ne partageait pas contre nous la haine de son premier ministre. En même temps l'attitude du nouveau gouverneur de la Réunion, le contre-amiral Dupré, qui avait ordonné une démonstration navale devant Tamatave, l'avait frappée. Un léger revirement se produisit en notre faveur; M. de Laborde, devenu influent auprès de la reine, obtint quelques concessions ; ses missionnaires cessèrent d'être inquiétés et un traité allait être conclu avec M. Garnier, envoyé du gouvernement français, lorsque Rasoherina mourut le 1er avril 1868. Les Anglais qui, sous son règne, avaient recueilli des avantages considérables, ne manifestèrent pas le moindre regret de sa mort.

La succession de Rasohérina ne donna lieu à aucune contestation. Sa cousine, la princesse Ramena, fut proclamé reine sous le nom de Ranavalo II. Suivant l'usage érigé en loi, elle épousa le premier ministre, Rainilaiarivony, qui avait remplacé son frère comme mari de la reine défunte.

Le 4 août 1868, un traité était signé avec la France. Les articles suivants devaient donner lieu, dans la suite, à un conflit diplomatique et finalement à la guerre :

« Art. III. — Les sujets français, dans les Etats de S. M. la reine de Madagascar, auront la faculté de pratiquer librement et d'enseigner leur religion, de construire des établissements destinés à l'exercice de leur culte, ainsi que des écoles, des hôpitaux, etc. Ces

Le palais de la reine à Tananarive.

établissements religieux appartiendront à la reine de Madagascar, mais ils ne pourront jamais être détournés de leur destination. Les Français jouiront, dans la profession, la pratique et l'enseignement de leur religion, de la protection de la reine et de ses fonctionnaires, comme les sujets de la nation la plus favorisée. Nul Malgache ne pourra être inquiété au sujet de la religion qu'il embrassera, pourvu qu'il se conforme aux lois du pays.

» Art. IV. — Les Français, à Madagascar, jouiront d'une complète protection pour leurs personnes et leurs propriétés. Ils pourront, comme les sujets de la nation la plus favorisée, et en se conformant aux lois et règlements du pays, s'établir partout où ils le jugeront convenable, prendre à bail ou *acquérir* toute espèce de biens, meubles et immeubles, et se livrer à toutes les opérations commerciales et industrielles qui ne sont pas interdites par la législation intérieure. Ils pourront prendre à leur service tout Malgache qui ne ni esclave, ni soldat et qui sera libre de tout engagement antérieur. Cependant, si la reine requiert ces travailleurs pour son service personnel, ils pourront se retirer, après avoir préalablement prévenu ceux qui les auront engagés. »

Les clauses de ce traité ne furent pas respectées, et tandis que la France allait perdre le peu de prestige qu'elle avait encore dans l'île, l'Angleterre acquérait une situation équivalente à un protectorat. Elle réussit à faire adopter sa religion comme religion d'Etat, et, le 8 septembre 1869, la reine embrassa officiellement le protestantisme.

Mais loin de se décourager, nos missionnaires redoublèrent de zèle. Dirigés par Mgr Cazet, ils se firent connaître et aimer des pays malgaches ; ils créaient des écoles, établissaient à Tananarive une importante imprimerie d'où sortaient des livres destinés à répandre partout la bonne doctrine ; enfin ils construisirent dans la capitale une superbe cathédrale gothique, le plus beau monument de toute la ville, de toute l'île même. Aussi, en 1882, Mgr Cazet constatait avec joie que 85.400 Malgaches étaient groupés autour des missions catholiques.

Les défaites de la France en 1870 eurent un retentissement douloureux dans toutes nos colonies. A Madagascar, l'audace de nos ennemis s'accrut, et les missionnaires anglais, fidèles continuateurs de la tactique d'Ellis, parti de l'île en 1865, nous représentèrent aux indigènes comme une puissance finie, incapable de protéger ses amis et d'inquiéter ses ennemis.

Encouragé par le cabinet de Londres, persuadé qu'il n'avait pas à craindre de représailles de notre part, le gouvernement hova ne cessa de prodiguer les outrages, les humiliations à nos nationaux et à nos représentants.

En 1879, les Hovas avaient voulu contraindre les Sakalaves, placés depuis 1840 sous notre protection, à reconnaître leur autorité et à adopter la religion anglicane. Il fallut l'intervention du commandant de Nossi-Bé pour les forcer à renoncer momentanément à leurs prétentions. Cependant l'agitation continua, entretenue par les missionnaires anglais MM. Parrett et Pickersghil qui persuadèrent à quelques chefs sakalaves d'envoyer des ambassadeurs à Tananarive. Ces chefs se laissèrent convaincre, et la députation, très bien accueillie par Ranavalo, revint accompagnée d'officiers hovas qui arborèrent sur leur territoire le drapeau de la reine. La ferme attitude du gouverneur de Nossi-Bé seule les empêcha de s'établir dans la petite île voisine de Nossi-Mitsiou.

M. Baudais, notre consul depuis 1881, signala au chef du cabinet, M. de Freycinet, les empiètements des Hovas en insistant sur la nécessité de réagir promptement. Dans une dépêche du 22 mars 1882, le ministre des affaires étrangères lui répondit que le gouvernement de la République était fermement résolu à « ne point laisser porter directement ou indirectement atteinte à la situation qui nous appartient à Madagascar ». M. Duclerc, successeur de M. de Freycinet, dès son arrivée au ministère, informa la reine Ranavalo II que « la France avait de sérieux griefs à lui reprocher, concernant le droit de propriété à Madagascar, et l'empiètement progressif des Hovas sur la côte nord-ouest, dépendant de notre protectorat ». Il ajouta « qu'il entendait soutenir nos droits sur la grande île, et faire appliquer, dans toute leur intégrité, nos anciens traités conclus avec les Sakalaves ».

Ces injonctions n'intimidèrent pas les Hovas : chaque jour le consulat français était injurié et des menaces de mort adressées à nos compatriotes. En juin, le directeur d'une plantation fut assassiné. « On l'avait trouvé à quatre cents mètres de son habitation, le cou coupé, la tête ne tenant plus que par un lambeau de chair. La maison avait été pillée et saccagée. Le P. Gauchy, de la mission catholique, avait été insulté à Tananarive, frappé et jeté à bas de son cheval. »

En présence de cette attitude, le gouvernement français, après quelques tentatives de négociations, résolut de recourir à la force. Des préparatifs furent faits en vue de la formation d'une escadre qui devait renforcer notre station navale dans la mer des Indes. Le commandement en fut confié au contre-amiral Pierre qui s'embarqua le 15 février 1889, sur la *Flore*.

L'amiral Pierre avait les plus brillants états de services. Cité à l'ordre du jour, dès les premières années de sa carrière, aux combats de Tanger et de Mogador, il avait, en 1870, servi à l'armée de la Loire où il avait gagné le grade de capitaine de vaisseau. Ses campagnes maritimes l'avaient fait distinguer et lui avaient valu d'être nommé contre-amiral en 1880 et membre du conseil d'amirauté en 1882. Habile diplomate autant que marin énergique, nul n'était mieux à la hauteur de la tâche qu'il allait remplir.

Dans l'espace d'un mois il prit et détruisit les établissements hovas sur les côtes de Madagascar. Tamatave et Majunga étaient en sa possession. Mais la France, engagée dans sa lutte avec le Tonkin, ne put le secourir bien longtemps. L'amiral lui-même, miné par la fièvre, demanda son rappel, et expira en vue des côtes de France.

La reine Ranavalo II ne devait guère survivre à l'amiral. Elle mourut en juillet 1883, laissant sa succession à Razatindrahéty, qui prit le nom Ranavalo III et épousa aussitôt le premier ministre Rainilaiarivony, lequel fut ainsi le mari de trois reines successives.

L'amiral Pierre eut pour successeur l'amiral Galiber

Ranavalo III, reine de Madagascar.

qui, dès le début de ses opérations, se rendit maître de la côte sud-est, et voulut ensuite entamer des négociations.

Elles n'aboutirent pas, et la paix ayant été conclue entre la France et la Chine, quelques troupes venues du Tonkin renforcèrent légèrement le corps expéditionnaire. Malheureusement notre inaction avait été favorable aux Hovas qui en avaient profité pour augmenter leurs moyens de défense. L'amiral espéra les intimider en attaquant le fort de Farafate, à six kilomètres de Tamatave. Cette attaque fut infructueuse ; les Hovas, fortement retranchés, accueillirent par des feux de salve bien dirigés les premières lignes de nos tirailleurs, tandis que l'artillerie pouvait à peine se mouvoir au milieu des marécages qui protégeaient le fort. Deux officiers et une trentaine d'hommes furent tués, et la colonne battit en retraite (10 septembre 1885). Le résultat de cette journée encouragea l'ennemi, bien renseigné sur nos mouvements, tandis que la maladie décimait nos soldats découragés, mais n'ayant qu'une faible confiance dans leur chef, qui avait fait preuve à la fois de courage et d'irrésolution sur le champ de bataille.

Cet échec avait été précédé d'un succès sur la côte nord-ouest où le capitaine Pennequin, à la tête de 120 hommes, dont 70 Sakalaves, mit en fuite, le 26 août, un corps de 2,000 Hovas. Cette brillante affaire, dite de Befatine, n'eut d'autre résultat que la mise aux arrêts du capitaine Pennequin. Il fut puni pour avoir pris l'offensive, contrairement aux instructions ministérielles.

Ce furent les derniers combats de cette guerre, et, le 11 janvier 1886, la paix était signée.

Cette paix était conclue dans des conditions avantageuses pour la France. Aux termes du traité signé le 17 décembre 1885, l'île de Madagascar était placée sous le protectorat français, et le gouvernement de la reine s'engageait à payer à la France une indemnité de dix millions.

Le premier résident général fut M. Le Myre de Vilers, qui eut bientôt quelques démêlés avec les Malgaches, démêlés vite étouffés, d'ailleurs. Etant revenu en France pour prendre quelque repos, il fut remplacé par M. Bompard. Celui-ci ayant été rappelé en 1892, son successeur, M. Larrouy, consul à Dublin et ancien résident-adjoint à Tananarive, s'aperçut bientôt qu'il n'y avait aucun espoir de faire appliquer le traité, que les Hovas se préparaient à violer ouvertement. Le premier ministre ne tenait point compte de nos menaces et de nos protestations. « Les Français, disait-il, sont des chiens qui aboient, mais qui ne mordent pas. » Et même temps, par l'intermédiaire d'agents anglais, des armes étaient achetées en Europe, des armements sérieux étaient faits et deux mille hommes envoyés dans le Bouéni, où l'on pouvait craindre un débarquement de troupes françaises. Au mois de juillet 1893, un de nos compatriotes, M. Müller, débarqué à Majunga au mois de mai, pour faire un voyage dans la partie nord de l'île, fut assassiné à Mandritsar, avec la complicité du gouverneur. A la même époque, une exploitation aurifère, dirigée par un Français, M. Suberbie, était attaquée et un des défenseurs de l'établissement, M. Silangue, créole de l'île Bourbon, fut tué.

Précédemment, des attentats dirigés contre nos compatriotes s'étaient produits sans donner lieu à aucune répression ; ils se continuèrent avec la même impunité, menaçant partout la sécurité de nos colons. Les réclamations du résident général restant sans résultat, le gouvernement français envoya, en juin 1894, quelques compagnies d'infanterie de marine pour renforcer les garnisons de Diégo-Suarez et de la Réunion. Habitués à ce genre de démonstrations, les Hovas n'en furent pas intimidés ; bien plus, le premier ministre cessa toute relation avec la résidence générale. Devant cette nouvelle provocation, M. Larrouy demanda son rappel et s'embarqua, le 30 septembre, à Tamatave. Ce rappel ne devait précéder que de quelques mois la rupture définitive.

CHAPITRE CINQUIÈME

Préliminaires de guerre. — Nouvelle mission de M. Le Myre de Vilers. — Son insuccès. — Evacuation de Tananarive. — Débats parlementaires. — Vote de l'expédition. — Occupation de Tamatave par les Français.

Voulant tenter une dernière démarche avant d'engager les hostilités, le gouvernement français chargea M. Le Myre de Vilers d'une mission spéciale auprès de la reine Ranavalo. Parti de France le 14 septembre 1894, M. Le Myre de Vilers arriva à Tananarive le 18 octobre suivant et se présenta à la cour, accompagné de M. Ranchot. Après les réceptions d'usage, le plénipotentiaire français présenta au premier ministre un ultimatum dans lequel il réclamait l'application intégrale du traité de 1885, et, comme garantie, l'établissement d'une garnison de 2,000 hommes à Tananarive. Non seulement le premier ministre accueillit l'ultimatum avec dédain, mais il laissa les Hovas exercer toutes sortes de vexations contre nos nationaux dont la vie et les biens cessèrent d'être en sécurité. Plusieurs établissements français furent mis au pillage, et, dans la capitale même, nos compatriotes étaient sérieusement menacés.

En présence de ce danger, et convaincu que toute négociation était désormais inutile, M. Le Myre de Vilers prit toutes les mesures nécessaires pour faire évacuer la capitale par les colons français ainsi que par le détachement d'infanterie de marine qui gardait la résidence. Tandis qu'il devait conduire les colons à Tamatave, M. Ranchot se chargea de ramener l'escorte à Majunga. Le départ eut lieu le 26, c'est-à-dire huit jours après son entrée dans la capitale.

« Rien ne fut plus imposant que ce départ ; rien ne

mérite mieux de rester dans le souvenir de nos compatriotes. Le matin du 26 octobre, l'escorte fut réunie devant la grande porte de la résidence ; là M. Le Myre de Vilers fit un discours de circonstance ; puis, clairon sonnant, la petite colonne se mit en route par Isoutre et les digues de l'Icoupe, se dirigeant vers Ivate. Une foule énorme et recueillie assistait à ce départ : aucun cri ne fut proféré, aucune menace ne fut entendue. Une sympathie presque respectueuse et attendrie se peignait sur le visage des Hovas, pour qui ce départ était le prélude d'événements plus tragiques. De son côté, M. Le Myre de Vilers faisait sceller toutes les portes extérieures de la résidence ; il fit ensuite partir les colons, les employés de la résidence, ceux du télégraphe ; puis, ayant été avisé que l'escorte était arrivée sans encombre en un point déterminé, il monta sur son filanzane et partit le dernier. Il traversa vers le milieu du jour la grande place du Marché encombrée d'une foule énorme, et, les bras superbement croisés sur sa poitrine, il passa. Le peuple, inquiet de l'avenir, salua respectueusement le grand vieillard, le « gabé », qui emportait avec lui la paix et l'indépendance de Madagascar. A Ambouimalaze, il rejoignit les retardataires et fit passer tout le monde devant lui. Des ambulances avaient été préparées à Béfourne et Andévourante ; la descente put s'opérer sans trop de souffrances. Les difficultés du voyage ne commencèrent réellement qu'à la côte ; les vivres étaient épuisés, l'argent manquait ; il fallut souvent user de force pour obtenir des aliments ; les religieuses elles-mêmes durent faire le coup de poing à Maroumby (1). »

Enfin, après quinze jours de marche, la petite troupe arriva à Tamatave où étaient déjà réunis un certain nombre de colons, venus de différents points de la côte. Quant à l'escorte, elle se dirigea sur Majunga, sous la conduite de M. Ranchot dont l'énergie eut raison de toutes les difficultés. Grâce à lui, la colonne put se ravitailler, malgré les habitants qui, après avoir

(1) Martineau.

caché toutes leurs provisions, avaient fermé leurs maisons et se tenaient armés dans leurs villages. Néanmoins, comme les relations diplomatiques n'étaient pas rompues, que la paix existait officiellement, l'escorte n'eut à résister à aucune attaque et franchit en vingt-six jours la distance qui sépare Tananarive de Majunga, c'est-à-dire près de cent vingt lieues.

En France, aussitôt que le gouvernement eut l'assurance que nos compatriotes étaient hors de danger, il provoqua un grand débat dans les Chambres sur la politique malgache. Après de longues discussions qui se terminèrent le 26 novembre à la Chambre des Députés et le 6 décembre au Sénat, l'expédition de Madagascar fut résolue.

La saison d'hiver fut consacrée aux préparatifs militaires. Il était impossible de tenter aucune opération sérieuse sur les côtes pendant la saison des pluies, car la fièvre sévit, à cette époque de l'année, d'une manière tout à fait intense.

Cependant trois navires en station à la Réunion, le *Primauguet*, le *Dupetit-Thouars* et le *Papin*, sous les ordres du commandant Bienaimé, et quelques compagnies d'infanterie de marine, placées sous les ordres du lieutenant-colonel Colonna de Giovellina, reçurent l'ordre de se transporter à Tamatave. Parti le 3 décembre, le *Peï-Ho*, qui transportait les troupes de débarquement, entra le 5 en rade de Tamatave, après avoir essuyé un gros temps au large. Son arrivée causa une vive terreur à la population indigène dont une grande partie s'enfuit dans les retranchements de Farafate, où s'étaient réfugiés également les soldats qui s'y trouvaient mieux abrités contre les obus français que dans les forts de la côte.

M. Le Myre de Vilers, qui n'avait pas encore quitté la ville, ordonna de surseoir au débarquement des troupes, afin de donner aux Hovas le temps de réfléchir. Mais la note qu'il adressa au gouverneur n'ayant abouti à aucun résultat, le 12, les consuls étrangers furent avisés que la ville allait être occupée par les Français ;

l'ordre d'attaque fut transmis au commandant de la division navale. Les troupes se disposaient à descendre à terre, tandis que matelots et canonniers étaient à leur poste, prêts à engager le combat. Leur attitude était superbe, et un immense cri de « Vive la France ! » retentit dans toute la rade.

L'amiral Bienaimé.

Avant d'attaquer le fort, l'interprète du consulat français, M. Berthier, vient remettre à l'officier qui le commande une sommation de l'évacuer. « Dans la ville, les colons français ou étrangers sont tous debout. Du haut de leurs terrasses, ils vont assister à l'émouvant spectacle qui se prépare. Sur le pont des navires, les officiers dirigent leurs longues-vues vers les positions hovas; déjà les pièces sont pointées sur le même but.

Après quelques instants d'attente, et à peine M. Berthier s'est-il acquitté de sa mission que l'on voit sortir précipitamment du fort une masse confuse et bariolée de deux à trois cents hommes qui s'enfuient dans la direction de la montagne et gagnent précipitamment les sentiers qui y conduisent.

« Le colonel de Giovellina presse aussitôt le débarquement de ses hommes, qui s'effectue dans l'ordre le plus parfait. Les marsouins, dont un certain nombre ont déjà vu le feu au Tonkin, au Dahomey, au Soudan, ou à Madagascar même, prennent place sur les chaloupes et sur les chalands. Il est huit heures. La petite flottille s'avance sur le rivage. Le commandant Bienaimé et le colonel Colonna sont à bord d'une baleinière ; les embarcations abordent sans encombre. Les hommes descendent rapidement à terre et se forment en sections de combat, le Lebel en main, les cartouchières pleines. Une avant-garde et ses éclaireurs reconnaissent le terrain. Les points principaux de la ville sont occupés sans coup férir ; quelques tirailleurs débouchent dans la campagne. A ce moment, des groupes de Hovas apparaissent aux alentours du fort. Des coups de feu partent.

» Le commandant du *Dupetit-Thouars*, qui, du haut de sa passerelle, surveille le mouvement, donne l'ordre de tirer sur ces groupes trois ou quatre coups de canon-revolver, et fait lancer dans la même direction deux obus de gros calibre.

» Le pavillon hova, qui flotte encore sur le fort abandonné, est abattu à la première décharge. Trois Hovas, dont un officier, sont atteints ; les autres se sauvent à toutes jambes. C'est une inénarrable panique. Le feu cesse aussitôt. La colonne française entoure le fort. Le chef de bataillon d'infanterie de marine Cluzel y pénètre le premier. Le commandant Bienaimé le suit de près ; il fait immédiatement hisser le drapeau français sur la batterie.

» — Madagascar est désormais terre française, s'écrie-t-il. Nous ne l'abandonnerons plus.

Rainilaiarivony.

» Des détachements d'infanterie de marine se portent en avant dans la plaine jusqu'à la rivière de Manangarèse ; mais, nulle part, l'ennemi ne fait mine de résister. Nous sommes maîtres de Tamatave et de la campagne environnante.

» De la ville indigène sortent précipitamment un grand nombre de Malgaches ; nos soldats ne s'opposent pas tout d'abord à leur départ ; à dix heures du matin seulement, ordre est donné de ne laisser franchir par personne la ligne des avant-postes (1). »

L'occupation de la ville ne donna lieu à aucune scène de désordre ou de pillage, et les pasteurs anglais constatèrent eux-mêmes la bonne tenue et le respect de la discipline des troupes françaises.

Le commandant Bienaimé proclama dès le lendemain l'état de siège, prit toutes les mesures nécessaires pour mettre la place en état de défense, et ordonna la fermeture de tous les débits de boissons.

L'autorité française se substitua à l'autorité malgache, perçut les douanes, et M. Ranchot fut installé comme représentant du gouvernement français. L'état de guerre mit bientôt fin à ses fonctions. Quant à M. Le Myre de Vilers, voyant sa mission terminée, il s'embarqua le 27 décembre pour la France.

La prise de Tamatave, accomplie sans perte de notre côté, était la première opération de la guerre qui allait s'engager. Cependant les Hovas, fortement retranchés dans les lignes de Farafate, devant lesquelles avait échoué l'amiral Miot, en 1885, pouvaient nous en disputer la possession, dont ils comprenaient trop bien l'importance. Pour prévenir un retour offensif, le lieutenant-colonel de Giovellina, commandant la place, fit faire plusieurs reconnaissances autour de la ville et disperser plusieurs postes ennemis ; malheureusement la faiblesse numérique de la garnison, composée de quatre ou cinq cents hommes, dont beaucoup subissaient déjà l'influence pernicieuse du climat,

_____

(1) Galli, *La Guerre à Madagascar.*

ne permit pas de pousser les avantages plus loin. Mais, dans cette série d'escarmouches, les Hovas purent se convaincre de la supériorité de notre armement. Alors qu'ils se croyaient en sûreté dans l'intérieur des terres, à plusieurs kilomètres de la côte, ils étaient terrifiés par les projectiles que leur envoyaient les navires mouillés en rade, par ces obus à la mélinite qui leur semblaient tomber du ciel. Cet effet moral était d'un excellent augure pour la campagne qui allait s'ouvrir.

CHAPITRE SIXIÈME

Expédition de 1895. — Continuation des préparatifs militaires. — Formation du 200ᵉ de ligne et du 40ᵉ bataillon de chasseurs. — Le général Duchesne. — Composition du corps expéditionnaire. — Les généraux Metzinger, Voyron et de Torcy. — Occupation de Majunga. — Grand kabar à Tananarive.

Les préparatifs en vue de l'expédition se poursuivaient activement en France. Mais une question importante se posait : de quels éléments devait se composer le corps expéditionnaire? En l'absence d'une armée coloniale, indispensable à un pays qui possède d'importantes colonies, quatre solutions se présentaient :

Ou, comme pour l'expédition de Tunisie, emprunter aux différents corps un certain nombre de régiments ;

Ou, comme en 1883, créer des régiments de marche, composés de bataillons détachés ;

Ou n'envoyer à Madagascar que des troupes d'Algérie ;

Ou faire appel aux volontaires pour constituer de nouveaux corps de troupes.

Beaucoup d'esprits sensés préconisaient l'envoi de régiments algériens, comptant un grand nombre de soldats rengagés, de militaires de profession, déjà habitués aux marches en colonne sous un soleil ardent, en un mot, plus capables que les troupes européennes de supporter les effets pernicieux du climat. Ils estimaient que faire participer à une telle campagne des jeunes gens de vingt à vingt-trois ans non acclimatés, aurait pour résultat de faire décimer par les maladies le corps expéditionnaire.

Cette solution, qui semblait la plus rationnelle, ne

fut cependant pas adoptée par le ministère de la guerre qui avait la direction de la campagne. Sans compromettre la mobilisation générale, en enlevant à leurs corps des régiments entiers, il voulut faire concourir à l'expédition les soldats des garnisons françaises et décida que chaque corps d'armée aurait à fournir une compagnie, par voie de double tirage au sort, désignant le régiment d'abord, la compagnie ensuite. Les corps établis sur les frontières du Nord, de l'Est et des Alpes ne devaient fournir aucun détachement. Ainsi furent constitués le 200e de ligne, dont le commandement fut donné au colonel Gillon, du 49e de ligne, et le 40e bataillon de chasseurs, qui fut commandé par M. Massiet du Biest, chef du 14e bataillon. C'étaient deux officiers distingués, avec l'expérience des campagnes coloniales, ayant tous les deux pris une part brillante à l'expédition du Tonkin.

Pour le commandement en chef des troupes, plusieurs noms furent mis en avant, mais deux seulement furent sérieusement discutés, celui du général Borgnis-Desbordes, officier d'un grand mérite et auteur d'un plan de campagne, paraît-il, excellent, et celui du général Duchesne, qui commandait une division d'infanterie du 7e corps, à Belfort. Le ministère de la guerre préféra ce dernier, qui fut d'abord désigné comme président de la commission d'organisation, puis officiellement nommé général en chef. Le général Duchesne, qui avait, lui aussi, de brillants états de services, s'était particulièrement distingué au Tonkin, où il commandait un régiment de marche. Il prit part à la bataille de Bac-Ninh et fut remarqué par l'amiral Courbet qui le choisit comme chef des troupes débarquées lors de l'expédition de Formose (1).

(1) Né à Sens en 1837, le général Duchesne est entré à Saint-Cyr en 1855, Sous-lieutenant en 1857, il fit la campagne d'Italie, fut blessé à Solférino et nommé chevalier de la Légion d'honneur. Lieutenant en 1861, capitaine en 1864, il assista, en 1870, aux grandes batailles livrées autour de Metz. Après la guerre, il vint aux bataillons d'Afrique comme capitaine adjudant-major, aux zouaves comme chef de bataillon, puis à la légion étrangère où il fut nommé lieutenant-colonel en 1881. Lors de l'insurrection du Sud-Oranais.

Le corps expéditionnaire, comprenant un effectif de 15,000 hommes, était composé de troupes fournies partie par le ministère de la guerre, partie par le ministère de la marine. Le premier détachait à Madagascar : un régiment d'infanterie (200e), un bataillon de chasseurs à pied (40e), un bataillon de zouaves, un bataillon de la légion étrangère, deux bataillons de tirailleurs algériens, un escadron de cavalerie, sept batteries d'artillerie, quatre compagnies du génie, un escadron du train, une section de commis et ouvriers d'administration, une section d'infirmiers, deux sections de parc, deux sections mixtes de munitions.

De son côté, le ministère de la marine eut à fournir : six bataillons, dont trois de la métropole et trois de troupes indigènes (un bataillon de Sakalaves, un bataillon de volontaires de la Réunion, un bataillon d'Haoussas), trois batteries de montagne, une section mixte de munitions.

Le corps expéditionnaire était divisé en deux brigades : la première, formée exclusivement de troupes de terre, était placée sous le commandement du général Metzinger (1); la seconde, composée de troupes coloniales, sous les ordres du général Voyron (2). Le général de brigade de Torcy était chef d'état-major.

A Madagascar, aucun fait de guerre saillant ne se produisit au commencement de l'année 1895. Après un bombardement qui dura environ un quart d'heure, la

il dirigea une colonne contre Bou-Amama, et, en 1883, fut envoyé au Tonkin, où il fut nommé colonel après Bac-Ninh. Rentré en France en 1885, il commanda le 110e à Dunkerque, fut nommé général de brigade à Châteauroux (1888) et général de division (septembre 1893).

(1) Né à Dijon en 1842, le général Metzinger est sorti de Saint-Cyr en 1863. Il fit sa première campagne dans les Etats romains avec le général de Failly, en 1867, et prit part en 1870-71 à la défense de Paris. Sa brillante conduite pendant le siège lui valut le grade de capitaine et la croix de la Légion d'honneur. Major au 109e de ligne en 1878, il devint chef de bataillon au 3e zouaves, en 1881 et fut envoyé au Tonkin en 1885. Promu, à la suite d'un brillant fait d'armes, officier de la Légion d'honneur et lieutenant-colonel, il fut nommé colonel en 1887 et général de brigade en 1891.

(2) Le général Voyron, né en 1838, est sorti de Saint-Cyr en 1860, a été nommé lieutenant en 1863, capitaine en 1866, chef de bataillon en 1877, lieutenant-colonel en 1882, colonel en 1885 et général de brigade en 1891. Il a pris part à de nombreuses campagnes; avant l'expédition, il commandait la 4e brigade du 5e arrondissement maritime.

ville de Majunga fut évacuée par la garnison hova
(14 janvier) et occupée le 16 par deux compagnies d'infanterie de marine de 200 hommes chacune et 100 artilleurs. Le 23, les Hovas tirèrent quelques coups de
canon contre Tamatave, auxquels répondirent trois
ou quatre obus à la mélinite. Le feu dura une heure
environ. Peu de jours après, notre artillerie bombardait
Farafate et détruisait quelques nouveaux retranchements élevés par l'ennemi.

Ce n'était là que des escarmouches peu importantes.
Mais, à la cour de Tananarive, on n'était pas sans
inquiétude des préparatifs faits par la France. Pour
exciter ses sujets à la résistance, la Reine adressa aux
gouverneurs et au peuple malgache les deux procla-
mations suivantes :

La première proclamation, ainsi conçue, faisait appel
au patriotisme :

« Ainsi parle Ranavalo, reine de Madagascar.

» Voici ce que je vous dis : Le peuple est bien décidé
à ne pas céder à la France une parcelle de notre territoire et cela sous aucun prétexte.

» Le peuple se battra jusqu'à ce que Madagascar ne
contienne plus un seul soldat français; il se battra l'au-
tomne, il se battra l'été. Vous savez que, pendant
l'été, les soldats qui viennent à Tananarive prennent la
fièvre. Faites tout votre possible pour attirer à nous les
gens de la côte ; nous les lancerons contre les Français
pendant la mauvaise saison.

» Si vous harcelez les Français pendant l'été, ils
prendront la fièvre et on pourra les battre très facilement. Vous connaissez la ruse des blancs; faites en
sorte que notre peuple ne se rapproche point d'eux, car
si les gens de la côte et du Mozambique faisaient cause
commune avec les Français, nous serions bien embar-
rassés.

» Il ne faut pas qu'ils puissent se procurer des vivres
chez nous; tâchez de les retenir dans un cercle très
resserré pour que le peuple ne puisse pas venir en
nombre chez eux.

» Faites tout votre possible pour amener mon peuple à haïr ces Français qui nous ont déclaré la guerre. »

La seconde proclamation édictait un certain nombre de mesures relatives à l'état de guerre :

« Ainsi parle Ranavalo, reine de Madagascar.

« Voici ce que je vous dis : Les Français veulent s'emparer de ce pays ; déjà, en 1883, ils nous ont attaqués ; nous les avons repoussés ; maintenant la guerre est déclarée. Voici nos instructions :

» 1° Personne ne pourra embarquer de provisions alimentaires. ou ne pourra embarquer rien de ce qui est vivant, de peur que ces choses ne soient vendues aux Français. Si quelqu'un contrevient à cet ordre en faisant passer par terre ces objets pour les faire parvenir aux Français, les provisions en question seront confisquées ;

» 2° Le traité conclu avec les Français n'existe plus, car les Français nous ont déclaré la guerre ;

» 3° Si un navire de commerce français ou un boutre de cette nation faisait naufrage sur le territoire de notre gouvernement, vous considéreriez ce bâtiment comme nous appartenant ; cependant, les personnes seront logées dans deux ou trois maisons suivant leur nombre ; vous ne les tuerez point ; momentanément, vous les nourrirez et me préviendrez immédiatement ;

» 4° Si vous avez suffisamment d'argent, vous achèterez de la poudre et enseignerez le tir aux soldats et aux canonniers ;

» 5° Vous aurez soin de ne pas maltraiter les gens de la côte, qui sont dans votre gouvernement, afin qu'ils fassent cause commune avec nous et qu'ils combattent les Français lorsque ces derniers viendront nous attaquer ;

» 6° Pendant la guerre avec les Français, vous prélèverez avec ménagement l'impôt en nature ; il faut avant tout aplanir les difficultés actuelles ;

» 7° Entretenez-vous souvent et causez de mon gouvernement avec les princes sakalaves et autres chefs de la côte ;

Paysage.

» 8° Allégez la corvée des gens de la côte;

» 9° Personne, absolument personne, ne devra pressurer les habitants de la côte : si quelqu'un contrevenait à cet ordre, vous le garrotteriez et me préviendriez de suite;

» 10° Si un navire de guerre français venait à faire naufrage sur les côtes, sur le territoire de notre gouvernement, considérez que toutes les personnes qui sont naufragées sont des ennemies. Le navire et les personnes sont des prises;

11° Si quelqu'un, si un étranger venait vous dire : les Français ne viendront pas se battre ici, ne croyez pas cela et soyez toujours prêts;

12° Faites en sorte de ne pas être espionnés. Si vous prenez un espion, vous le garrotterez;

13° Vous protègerez les biens et les personnes des sujets des nations qui vivent en bonne intelligence avec nous; car ce sont les Français seuls qui nous font la guerre;

14° Vous placerez vos provisions de riz dans divers endroits. Si les Français venaient à vous attaquer et que vous ne puissiez les repousser, avant de vous en aller, vous brûlerez le village, ainsi que le riz que vous n'aurez pas pu emporter;

15° Si les Français vous attaquent et que vous les repoussiez, ou s'ils débarquaient et construisaient un fort, ne vous en allez pas loin, tirez sur eux, harcelez-les, attaquez-les pendant la nuit si vous le pouvez. Vous savez que les étrangers qui viennent à Madagascar prennent les fièvres et sont facilement battus, quand ils sont fatigués par des combats continuels. Faites que nos populations ne se rapprochent point des Français;

16° Quant à vous, chefs, bourgeois et soldats, vous pouvez acheter de la poudre et des fusils pour vous protéger, pour protéger vos femmes, et pour défendre ce pays et ce gouvernement.

J'ai dit. »

Cette dernière proclamation, habilement rédigée,

avait pour but de faire l'union de toutes les tribus malgaches contre les Français. Elle contenait également un article concernant la protection des étrangers, visant particulièrement les Anglais, les Américains, quelques Allemands et quelques Italiens dont le gouvernement hova tenait à conserver les sympathies. Toutefois, plusieurs d'entre eux, peu rassurés et convaincus de l'impuissance des autorités malgaches, se hâtèrent de gagner la côte.

En même temps, le premier ministre cherchait à réveiller les vieilles superstitions, à provoquer les manifestations de dévouement envers l'autorité royale. La cérémonie du bain de la reine fut célébrée avec une pompe extraordinaire, et le drapeau rouge, invitant tous les Malgaches à la défense de leurs pays, fut hissé, le 7 février, sur les « douze montagnes ». Le *Madagascar News*, organe des méthodistes anglais, fit de cette cérémonie un récit dithyrambique.

» Le drapeau rouge, la fleur sanglante de la guerre, flotte sur l'orgueilleuse tour qui se trouve à l'est du grand palais de Manjakamiadana, et sur les montagnes d'Anbohimanga, Ilafy, Namehana, Ambohidrabiby, Antsahadinta, Ambatomanerina, Alasora, Ambohidratrimo, Ampandrana et Ambohijohy, flotte, fièrement au gré de la brise le symbole que le temps est venu pour la nation de se presser autour de l'étendard de la reine et de la patrie et de frapper *pour le foyer et pour l'autel.*

Un grand kabar eut lieu le 12 février à Andohalo. La reine y assista sur son trône surmonté d'un dais de velours, ayant à sa droite un sceptre et une Bible placés sur une petite table. Après les rites traditionnels, elle accusa les Français de mauvaise foi, encouragea les soldats à la bravoure, et prit l'engagement de ne jamais abandonner les familles de ceux qui prendraient les armes. Le premier ministre Rainilaiarivony, s'efforça de calmer les inquiétudes de certains membres de la colonie étrangère; les chefs des divers districts de l'Empire jurèrent de faire tous les sacrifices nécessaires, et les démonstrations les plus belliqueuses se produisirent.

Les missionnaires méthodistes ne manquèrent pas d'assister à cette réunion patriotique, où ils figuraient comme représentants presque officiels de l'Angleterre.

Or, tandis qu'ils encourageaient ainsi les Hovas à la lutte, l'ambassadeur anglais à Paris faisait une démarche auprès de notre ministre des affaires étrangères pour qu'une protection spéciale leur fût assurée par nos troupes. La conduite tenue lors de l'affaire Shaw justifiait trop bien une telle audace.

CHAPITRE SEPTIÈME

Départ des troupes. — Scènes de pillage à Madagascar. — Attaque des Hovas contre Diégo-Suarez. — Arrivée du général Metzinger à Majunga. — Sa proclamation aux Malgaches. — Revue de Sathonay. — Départ du 200ᵉ et du 40ᵉ bataillon de chasseurs. — La vie à bord.

Les scènes de pillage qui s'étaient déjà produites à Madagascar au moment du départ de M. Le Myre de Vilers se renouvelèrent au commencement de l'année 1895. Des bandits saccagèrent les propriétés des Français sur toute la côte orientale; à Fort-Dauphin les colons n'échappèrent aux fureurs des indigènes que grâce à la malle anglaise venant du Cap, qui put les recueillir. Sur les bords de la baie Saint-Augustin, les Français auraient été impitoyablement massacrés si la canonnière le *Météore*, envoyée par le commandant Bienaimé, n'était venue à temps les sauver. Autour de Majunga, de Diégo-Suarez, les Malgaches se livraient à tous les excès.

Les Antankares, qui habitent la région voisine de Diégo-Suarez, entraînés par leur soif de pillage, se livraient à des incursions continuelles sur le territoire de notre colonie. En même temps, les Hovas établissaient des postes qui se rapprochaient progressivement de notre possession dont ils espéraient se rendre maîtres. Cependant, malgré la faiblesse de la garnison française, leurs incursions furent repoussées; mais il importait de les éloigner davantage et d'élargir le cercle des lignes de défense. Le 19 février, une colonne dirigée par le commandant Pardes marcha vers Antanamitarana et attaqua le fort hova, qui, criblé d'obus, ne riposta pas longtemps ; puis les tirailleurs sakalaves mirent baïonnette au canon, les clairons sonnèrent la charge et l'assaut fut ordonné.

« Les Hovas, à la grande surprise de nos officiers, ne lâchèrent pied que lorsque les tirailleurs abordèrent le retranchement ; mais ils réussirent, grâce à une fuite rapide et à leur connaissance des replis du terrain, à gagner sans encombre la forêt voisine, en abandonnant vingt-cinq des leurs frappés à mort pendant le combat ; le nombre des blessés hovas s'élevait à environ cinquante. De notre côté, sept tirailleurs indigènes avait été atteints par les balles ennemies, tous aux jambes.

» Les Malgaches, en effet, n'ayant que de très vagues notions du tir, ne sachant pas le régler ni se servir de la hausse, faisaient feu précipitamment et visaient trop bas. Quant à leur artillerie, elle était restée absolument inoffensive. Aucun de ses projectiles n'éclata dans les lignes françaises.

» Le nouveau combat prouvait donc que les Hovas auraient encore beaucoup à apprendre avant de devenir des adversaires très redoutables, mais aussi que leurs soldats ne faisaient pas trop mauvaise contenance sous le feu.

» Le commandant Pardes félicita chaleureusement les tirailleurs sakalaves de leur entrain et le reste des troupes de leur solidité et de leur endurance pendant une journée de marche et de combat, sous un ciel de feu.

» La colonne, après un repos bien gagné, mais court, rentra le soir même dans ses cantonnements. Le commandant Pardes fut nommé, deux mois plus tard, lieutenant-colonel (1). »

Comme Tamatave, Diégo-Suarez, bien qu'en dehors des opérations de l'armée principale, avait une grande importance stratégique, et il était indispensable de ne pas la laisser tomber entre les mains de l'ennemi. Pour parer aux diverses éventualités, des compagnies

(1) H. Galli.

d'infanterie de marine furent embarquées à destination de Tamatave et de Diégo-Suarez.

En même temps le *Shamrock* recevait à Toulon l'ordre d'embarquer à Philippeville une partie des troupes d'Algérie appelées à faire partie du corps expéditionnaire. Parmi les passagers du transport était le général Metzinger, commandant la première brigade. Le *Shamrock* prit la mer au milieu des acclamations de la population et des marins de l'escadre, qui saluaient le départ des braves allant soutenir l'honneur de la France à Madagascar.

Le général Metzinger débarqua, le 20 février, avec une fraction de sa brigade, à Majunga, qu'occupait depuis quelque temps le commandant Bienaimé. Malheureusement, ni appartements, ni chalands n'étaient prêts en nombre suffisant; en outre, lorsqu'après le débarquement des troupes le général inspecta la ville, il constata avec étonnement que les locaux étaient insuffisants pour loger les soldats ; incurie d'autant plus regrettable qu'il était nécessaire de tenir les hommes dispos, de les placer dans les meilleures conditions hygiéniques jusqu'à la fin de la saison des pluies.

Investi de l'autorité suprême en attendant l'arrivée du commandant en chef, le général Metzinger adressa en langue malgache aux peuplades de Madagascar la proclamation suivante :

« *Paroles du général commandant les soldats du premier corps de troupes qui vient pour combattre.*

» Il vous dit :

» Enfants de Madagascar, les Français sont venus à Madagascar aussi nombreux que des fourmis, et ils sont venus pour monter jusqu'à Tananarive.

» Ils ne sont pas venus pour prendre vos propriétés, ni la terre de vos ancêtres, mais pour forcer le gouvernement hova à exécuter avec équité et loyauté une précédente convention.

» Quand la guerre sera terminée et que le pays sera pacifié, les affaires augmenteront et doubleront. Si les habitants reviennent dans leurs foyers, il ne leur sera infligé aucun châtiment, mais ils seront considérés comme fidèles et dignes de confiance. Il ne sera plus imposé aucune corvée soit à ceux qui travaillent pour le gouvernement hova, soit aux soldats qui n'étaient pas payés par leurs gouverneurs, car ce sont eux qui vivent de votre propriété. Tel est l'usage de votre gouvernement.

» Mais, dorénavant, personne, pas un seul, ne pourra plus vous dire : « Ceci est pour moi », et personne n'aura plus à répondre : « Je suis ton esclave. »

» L'ordre ne sera pas rétabli dans le pays tant qu'il y aura des gens qui font le mal et qui appartiennent à quelques bandes de brigands. Avec eux votre moisson sera toujours perdue.

» Il y a eu des négociants français assassinés; leurs propriétés ont été pillées et détruites. Nous ne pouvons pas tolérer cet état de choses, car de cette manière les sujets Malgaches ne peuvent prospérer. Il faut transformer ce qui est mauvais en bon.

» Il est aussi nécessaire, si cela est possible, de pouvoir faire justice de qui que ce puisse être, grand ou petit, quel qu'il soit et où qu'il soit.

» Et quand ce changement merveilleux aura eu lieu, quand chacun possèdera sa propriété, aussi bien le grand que le petit, chacun sera content, personne ne sera plus dépouillé et les bandes de voleurs se disperseront.

» Alors les affaires augmenteront et seront bonnes, ce qui nous rendra tous heureux. Et ce que je viens justement de vous dire est la raison de la résolution de la France.

» Pendant longtemps elle l'a tenue en suspens et elle a cherché à s'entendre par l'amitié et les bonnes paroles avec le gouvernement hova.

» Mais Rainilaiarivony n'a pas voulu entendre les bonnes paroles que la France lui a données, tandis qu'il a écouté quelques mauvais conseillers qui pensaient mal et ont de mauvais desseins.

Le général Metzinger.

» Les mauvais conseillers et amis peuvent être comparés au feu.

» Mais, à cause d'eux, on ne peut pas plus longtemps en France fermer les yeux. Avec ses canons et ses fusils, la France prendra ce que l'amitié n'a pu obtenir.

» Et ce qui vient d'être dit est la cause de la guerre et de la misère.

» Pour ceux qui seront avec la France, elle aura bon cœur et elle leur montrera de l'amitié ; mais s'il y a de mauvais hommes qui cherchent à empêcher la France de faire ce qu'elle a résolu, malheur à eux !

» Majunga, 4 mars 1895.

» METZINGER,

» Général, chef des soldats au commencement de la guerre.

» Pour traduction conforme :

» L'élève drogman,

» A.-M. GUÉDÈS. »

A peine débarqués, les soldats eurent à souffrir de l'insalubrité du climat. aggravée par les moustiques qui pullulent dans la baie de Bombétoke. Le général Metzinger s'occupait de diverses installations, telles que blockhaus, postes télégraphiques, et visitait fréquemment les cantonnements de ses hommes, ainsi que les différents postes autour de la ville.

La fin de la saison des pluies approchait et le général devait préparer la voie au commandant en chef. Ses troupes étaient d'ailleurs impatientes de marcher en avant et de faire connaissance avec l'armée hova.

Mais l'accident arrivé au *Brinckburn*, en même temps qu'il provoquait de vives polémiques en France, de graves soupçons sur la loyauté des Anglais, causait de vives inquiétudes à la garnison de Majunga. Le navire anglais transportait les canonnières démontables destinées à remonter le Betsiboka et l'Ikopa ; ce retard apporté dans leur arrivée pouvait compromettre gravement les débuts de la campagne.

Cependant le moment était venu pour le gros des

troupes faisant partie du corps expéditionnaire de partir pour Madagascar. Des démonstrations patriotiques se produisirent à propos du départ des diverses compagnies qui devaient composer le 200e de ligne et le 40e bataillon de chasseurs. A Paris, lorsque la compagnie formée par le 3e corps se rendit de la caserne de la Pépinière à la gare de Lyon, elle fut saluée dans tout son parcours par les cris répétés de : « Vive la France! Vive l'armée! Vive le 200e! » La veille, le général Saussier, en la passant en revue, lui avait adressé d'excellents conseils :

« Vous avez affaire, dit-il, à un ennemi nombreux, mais sans cohésion, mal armé, ou ne sachant pas se servir de ses armes, dont les feux, par conséquent, ne pourront jamais arrêter le choc des colonnes de compagies énergiquement conduites.

» Mais il est un ennemi plus redoutable que les Malgaches, avec lequel vous aurez à lutter : c'est le climat.

» Le ministre de la guerre a eu soin de vous donner un excellent médecin comme directeur du service de santé. Cependant il est deux autres médecins qui le valent : ce sont la tempérance et la sobriété. Je ne saurais trop recommander à tous les officiers et aux gradés de veiller à ce que leurs hommes pratiquent toujours ces deux vertus essentielles.

» Et, ainsi, j'espère que vous reviendrez, les privilégiés, avec des galons, des croix et des médailles, tous avec la satisfaction d'avoir fait une belle campagne. »

En province, mêmes démonstrations; soldats de la ligne et chasseurs étaient partout accompagnés à la gare par une foule enthousiaste. Le général Poilloüe de Saint-Mars, commandant du 12e corps, adressa à la compagnie de marche du 138e l'allocution suivante :

« Soyez attentifs aux conseils qui vous seront donnés pour surmonter les difficultés spéciales au pays où vous allez vivre et combattre, mais restez toujours les plus braves, les plus gais et les plus généreux, car ces vertus sont celles de notre race.

» Au revoir, chers amis, vous êtes les champions de la France; faites encore une fois flotter son drapeau victorieux sur un nouveau point du globe et nous vous promettons un retour triomphal dans la patrie reconnaissante. »

Le 200ᵉ et des détachements de tous les régiments du corps expéditionnaire furent réunis au mois de mars au camp de Sathonay, où, après une série d'exercices et d'instructions, fut passée une revue à laquelle assistaient le Président de la République, le ministre de la guerre, le chef d'état-major général, ainsi que le général Duchesne et le général Voyron, commandant la 2ᵉ brigade.

Le Président de la République passa les troupes en revue, remit les drapeaux aux régiments et prononça l'allocution suivante :

« Au nom de la patrie française, dont il symbolise l'unité et la grandeur, je vous remets ce drapeau.

» Ses couleurs sont connues des mers que vous allez traverser et dans la grande île africaine où vous allez protéger nos compatriotes, défendre les intérêts du pays et imposer le respect de nos droits.

» Avec l'autorité des armes, notre drapeau porte dans ses plis tout le génie de la France.

» Vous ne l'oublierez jamais et vous saurez vous montrer dignes de la mission civilisatrice que vous confie la République.

» Au cours de cette campagne, vous aurez à affronter des difficultés sérieuses et à donner des preuves de courage, de discipline, d'endurance. Sous le commandement de vos chefs, vous serez à la hauteur de tous les sacrifices. Dans les marches, dans les combats, aux heures de péril et aux heures de victoire, en jetant un regard sur vos drapeaux déployés, vous sentirez que la France est avec vous. Nous vous suivons avec fierté et nous attendons avec confiance le moment où vous inscrirez sur vos étendards, intacts aujourd'hui, un premier nom glorieux : Madagascar. »

La cérémonie avait été aussi imposante que simple.

Puis le général Duchesne allait passer à Nîmes la revue du 40ᵉ bataillon de chasseurs, et, à la veille de l'embarquement, il adressa aux troupes placées sous son commandement un ordre du jour qui se terminait ainsi :

« Le Gouvernement nous envoie à Madagascar pour faire respecter nos droits méconnus, y établir l'ordre et développer dans cette île, à laquelle tant de souvenirs nous rattachent, les germes de notre civilisation qui y ont été jetés depuis longtemps.

» Dans vos rapports avec les indigènes, vous n'oublierez jamais que les Malgaches sont tous les protégés de la France; vous respecterez les personnes, leurs familles et leurs propriétés. Ceux d'entre eux qui se présenteront pacifiquement à vous devront être traités en amis.

» Ceux mêmes que vous aurez combattus devront, une fois désarmés, être traités avec justice et douceur.

» Si je suis décidé à ne tolérer ni abus de la force, ni violence de la part de mes soldats, vis-à-vis des habitants indigènes de l'île et des étrangers qui y sont régulièrement établis, à me montrer bienveillant pour tous et à récompenser les services que les uns et les autres pourront nous rendre, je n'hésiterai pas davantage à punir, selon la gravité de la faute, au besoin avec toute la rigueur des lois militaires, ceux qui ne respecteraient pas notre drapeau, le trahiraient, ou tenteraient de résister au légitime exercice de mon autorité. »

L'embarquement se fit à Marseille le 13 avril; le général Duchesne prit place à bord de l'*Iraouaddy*, avec les généraux Voyron et de Torcy. Ce fut au milieu des fleurs et des acclamations que les soldats du corps expéditionnaire traversèrent la ville phocéenne qui ne cessa de manifester l'enthousiasme le plus débordant.

Les navires transportant les troupes suivirent la route de Suez, de beaucoup la plus courte. A bord, les officiers occupèrent les cabines des passagers, les soldats étaient logés dans le faux-pont et dans l'entrepont, peu confortablement installés, mais suffisamment abrités.

« Sur les bâtiments, dit M. Galli, au début de la traversée, dès la première heure, le soldat est occupé; tout l'intéresse, tout est distraction pour lui ; il mène une existence nouvelle, dans un milieu où il n'a sous les yeux que de bons exemples favorables au maintien de la discipline.

» A bord des navires de l'Etat, la journée commence par l'imposante cérémonie du salut au drapeau. Les marins vont, viennent, font la toilette du bâtiment; ils bousculent bien un peu les camarades de l'armée de terre, qui sont de bons garçons, mais qui tiennent de la place et qui, n'ayant pas, comme on dit, le pied marin, ne savent pas se garer à temps ; mais ces bousculades ne sont pas graves. Matelots et soldats font bien vite bon ménage.

» Les seconds sont employés à certains travaux; ils ont à accomplir quelques corvées; les heures passent vite. Voici en quelques lignes un tableau de la vie à bord :

» A 5 heures, tout le monde debout. Une demi-heure plus tard, distribution de café, corvées de propreté; à 8 heures, appel général, revue des officiers, visites médicales ; à 9 heures, déjeuner ; second repas à 4 heures; second appel à 8 h. 1/2; à 9 heures, extinction des feux. Les repas sont assez copieux et de mets variés. Chaque homme reçoit, matin et soir, un quart de vin et une ration de tafia.

» Dans la journée, les officiers et les sous-officiers achevaient d'instruire leurs soldats et leur donnaient des conseils d'hygiène. Le colonel Gillon fit distribuer à tous les hommes de son régiment la note suivante :

» A Madagascar, vous aurez à vous défendre contre trois ennemis bien plus redoutables que les Hovas : le soleil, les fièvres et la dysenterie.

» Contre ces trois ennemis, vous avez les casques, l'eau bouillie et la ceinture de flanelle.

» Vous ne devrez jamais sortir sans casque, car,

même sous un ciel nuageux, le soleil est mortel. Dans les haltes, ne vous couchez jamais sur la terre, qui est plus chaude que l'air et vous empoisonnerait par ses miasmes. Bornez-vous, pour vous reposer, à vous asseoir sur le sac.

» Vous ne sortirez jamais à jeun et ne boirez que de l'eau bouillie avec du thé et du café.

» Pour éviter les refroidissements du ventre et, conséquemment, la dysenterie, vous ne quitterez point votre ceinture de flanelle.

» Voilà ce qu'il faut faire.

» Ce qu'il ne faut pas faire, sous aucun prétexte, c'est boire de l'alcool et manger des fruits qui, même s'ils ressemblent aux nôtres, renferment de violents poisons.

» En suivant ces recommandations, vous reviendrez en France pour jouir de la récompense de vos victoires. »

Conseils excellents, qu'il était utile de répéter sans cesse à des jeunes gens toujours prompts à commettre des imprudences.

« Aux heures de repos, les hommes faisaient la sieste, ou, le regard perdu dans l'espace, contemplaient la mer bleue sous un ciel ardent de lumière. Combien avaient autrefois rêvé voyages, aventures! et leur rêve se réalisait. Ils apercevaient au loin les rivages de terres dont ils avaient vaguement appris le nom à l'école; les côtes de Corse, d'Italie et de Sicile; puis l'Egypte : c'était alors Port-Saïd, le canal fameux, Suez et l'entrée dans la mer Rouge, et se dressaient les roches brûlées d'Aden. Le navire enfin longeait l'Afrique jusqu'à Zanzibar, puis, de là, faisait route vers Diégo-Suarez, directement sur Majunga. »

Bon nombre d'officiers utilisaient leurs moments de loisir en étudiant la langue malgache. Dans leur impatience, tous avaient hâte de crier cette phrase du vocabulaire : *O tidrai! toungue tonkoue là ssike!* ce qui veut dire en français : Enfin nous sommes arrivés!

CHAPITRE HUITIÈME

Pendant que le général Metzinger se préparait à prendre l'offensive contre les Hovas, la garnison de Tamatave restait sur la défensive. Soldats et habitants désiraient l'attaque de Farafate, mais le colonel Giovellina, ne voulant pas tenter une action décisive avant l'arrivée des renforts promis, consacra tous ses soins à préserver la ville d'un retour offensif de l'ennemi.

Les troupes, surmenées, anémiées par le climat, étaient à bout de forces. Les difficultés matérielles augmentaient chaque jour, et l'approvisionnement devenait de plus en plus difficile. « Dans l'impatience d'une solution, la population, énervée par de longues semaines d'état de siège, accueillait facilement toutes les nouvelles, souvent contradictoires, qui arrivaient de l'intérieur. On alla jusqu'à assurer qu'une révolution de palais avait éclaté à Tananarive. »

Quoique fausses, ces nouvelles renfermaient cependant une part de vérité. La guerre, pour les Hovas, servit de prétexte à de nombreuses nominations *d'honneurs*, d'officiers promus à de hauts commandements. Le colonel anglais Shervington, chargé de réorganiser l'armée, fut indigné de ces promotions scandaleuses. Le commandement en chef lui ayant été refusé, il saisit

Uniformes français à Madagascar.

ce prétexte pour quitter Tananarive et gagner la côte, suivi de quelques officiers anglais au service du gouvernement malgache.

En même temps des kabars se tenaient à Tananarive, présidés par la reine, des revues avaient lieu qui fournissaient matière à de nouveaux discours, à de nouvelles démonstrations patriotiques. Le *Madagascar News* prêchait ainsi la guerre :

« L'objectif des Hovas doit être, dès maintenant, de se préparer à arrêter les convois de vivres et de munitions et de retarder la marche du corps expéditionnaire, de sorte qu'il ne puisse gagner l'Imérina avant l'époque des pluies. Mais même lorsque la tactique savante des Français viendrait à bout de l'inexpérience des Malgaches, il n'y aurait point lieu de se désespérer. Si les envahisseurs trouvent tous les villages de l'Imérina et Tananarive lui-même brûlés, au lieu de belles villes situées dans un pays fertile où ils espèrent trouver le repos en même temps qu'une bonne et abondante nourriture, ils se verront contraints de regagner la côte avant les pluies, et cette retraite pourra facilement être changée en une terrible déroute, sans compter que dans la région côtière les fièvres feront d'énormes ravages dans leurs rangs.

» Les Malgaches, s'ils ont l'esprit de sacrifice, peuvent, quoi qu'il leur arrive, espérer conserver leur indépendance. La destruction par le feu de Tananarive et de Fianarantsoa serait certainement un grand malheur, mais ne serait-ce pas encore un plus grand malheur pour les Malgaches que d'être à jamais asservis à une nation étrangère? Une ville incendiée se reconstruit, l'indépendance d'un peuple qu'a écrasée le talon de conquérants ne saurait être reconquise.

» Toutefois, tout en prévoyant la possibilité de faits aussi désastreux, hâtons-nous de dire qu'il est fort peu probable qu'on ait à recourir à une semblable extrémité. L'armée malgache est nombreuse et pourvue d'armes excellentes, sans compter les innombrables civils qui s'exercent journellement au maniement de la sagaie ; supérieure en nombre à l'armée française, elle peut facilement, par de fréquentes et incessantes attaques, l'empêcher d'arriver au centre du pays avant le mois d'octobre et ce sera le salut, car les Français devront regagner la côte ou bien périront de fièvre et de maladies pendant l'hivernage. »

Ces excitations avaient surtout pour résultat d'encourager le fanatisme des Hovas contre les étrangers. De nouveaux excès se produisirent. Un Français de la Réunion, M. Grevé, s'était établi sur la côte ouest, où il se livrait avec passion à des recherches d'histoire naturelle. Se croyant en sûreté, il avait négligé de se mettre en sûreté, malgré les avertissements réitérés du commandant Bienaimé. Le 18 janvier, son domaine fut envahi et il fut arrêté avec deux créoles attachés à son établissement, enfermé au fort de Mahabo et fusillé après une longue détention. Ce meurtre produisit une vive émotion en France où M. Grevé était très connu du monde savant

La saison des pluies touchait à sa fin, la campagne allait commencer. Elle fut précédée d'une série d'opérations préparatoires qui montrèrent le peu de consistance de l'armée malgache.

Après le traité de 1885, qui cédait Diégo-Suarez à la France, les Hovas avaient construit le fort d'Ambohimarina, sur une hauteur à peu de distance de nos possessions. Cette forte position était pourvue d'une garnison importante armée de canons et de fusils Winchester ; elle était couverte par des lignes de retranchements et des réduits casematés, qui s'étaient insensiblement avancés jusque dans le voisinage de nos établissements militaires.

Lorsque la faible garnison de Diégo-Suarez eût été renforcée par le bataillon des volontaires de la Réunion, sous les ordres du commandant Martin, l'attaque fut décidée et des préparatifs furent faits dans le plus grand secret. Une compagnie d'infanterie de marine et le bataillon se mirent en marche dans la nuit du 11 au 12, culbutèrent l'ennemi, et, grâce à une attaque vivement menée par le commandant Martin, s'emparèrent de la forteresse. Nos soldats y trouvèrent des approvisionnements considérables de toute espèce : des centaines de quintaux de riz, des troupeaux de plus de cinq mille bœufs et une quantité considérable de porcs et de volailles.

De son côté, le général Metzinger ne restait pas inactif. Des reconnaissances importantes furent faites : on sut par des Sakalaves et des Fahavales que le gouverneur du Bouéni concentrait ses forces à trente kilomètres environ de la place. Le 4 mars, une compagnie de tirailleurs algériens fut désignée pour se rendre à Marohago, village situé à quelques kilomètres de Majunga, sur la rive gauche du Betsiboka. Les Hovas et leur chef n'opposèrent aucune résistance aux turcos ; quant aux Sakalaves, ils jetèrent leurs sagaies et leurs mauvais fusils en guise de soumission.

Plusieurs villages suivirent cet exemple ; puis le général Metzinger forma une colonne, chargée d'opérer sur la rive droite du Betsiboka, dont il prit lui-même le commandement. La colonne s'avança péniblement par une chaleur étoufante au milieu des marais. Les hommes, fatigués le jour par la marche, étaient dévorés la nuit par les moustiques. Plus d'un soldat, incapable d'aller plus loin, dut s'étendre dans la brousse et laisser partir les camarades sans les suivre. Officiers et sous-officiers s'efforcèrent de relever l'énergie de tous ; mais il fallut bien se résigner à laisser en arrière, où des ambulanciers les recueillaient, les hommes épuisés.

« D'autres, seulement fatigués, rejoignaient le soir au bivouac, et quel bivouac ! au milieu des marécages à perte de vue, dans l'atmosphère humide, tiède et chargée de miasmes. A l'ordinaire, des vivres de réserve et du biscuit. Pas de pain. Les bagages portant le vin n'avaient pas suivi ! »

Malgré les fatigues, la colonne s'empare de Maevarano, puis arrive à Marovoay, qu'elle se prépare à attaquer. « Le 2 mai, tout était prêt pour l'attaque. Le général Metzinger était à la tête de troupes admirables d'entrain et sûres de vaincre, heureuses de ne pas rester dans l'inaction et de marcher en avant.

« Les turcos, impatients de combattre, ne demandaient qu'à bondir sur l'ennemi. Les officiers avaient passé la revue des armes. Elles étaient en excellent état. Les soldats soignaient comme un joyau précieux leur fusil Lebel, dont le magasin fort bien garni allait

Le général Voyron.

cracher la mort parmi les Malgaches; mais nos braves Algériens ont toujours une préférence pour l'arme blanche, et, au repos, plusieurs de ces grands diables agitèrent leur fusil, baïonnette au canon, dans la direction de Marovoay. La poudre ne tarderait pas à parler.

» Les premiers coups de canon furent tirés par les bâtiments de la petite escadre du commandant Bienaimé sur les retranchements hovas, fortement occupés et bien armés. Le lieutenant Serpette réussit à amener le *Gabès* à 5,000 mètres de la ville. Des tranchées, des batteries avaient été construites par l'ennemi en avant du rova ou citadelle. Les canonniers malgaches ripostèrent, mais ces soldats improvisés ignoraient absolument l'art de pointer ; les projectiles de l'ennemi se perdaient dans les marais et dans le fleuve, tandis que nos obus commençaient déjà à bouleverser les levées de terre et les fortifications des Hovas.

» Après un combat d'artillerie, la charge sonne. Les soldats poussent des clameurs et s'élancent avec une furie telle que déjà la plupart des Hovas et de leurs officiers tournent le dos et s'enfuient vers les marais. La position occupée par l'ennemi est cependant très forte naturellement ; mais turcos et fantassins d'infanterie de marine ont déjà envahi les batteries, tous les retranchements sont enlevés. Le terrain est jonché de cadavres hovas. Des groupes de Malgaches affolés cherchent une issue ; ils ont jeté leurs armes ; nos officiers se précipitent en avant de leurs hommes et empêchent de frapper les malheureux vaincus, qui sont faits prisonniers. Fusils, canons, approvisionnements ont été abandonnés par l'ennemi complètement démoralisé. » (H. Galli.)

La prise de Marovoay (2 mai), outre l'importance stratégique de la place, produisit un effet considérable. Elle diminuait le prestige des Hovas et donnait aux Français toute la baie de Bombétoke. Le capitaine de vaisseau Bienaimé, qui avait coopéré activement à cette occupation et pris part à toutes les opérations qui marquèrent le début des hostilités, fut, en récompense de ses services, nommé contre-amiral.

Quelques jours après la prise de Marovoay, le général Duchesne débarquait à Majunga. Il adressa immédiatement à la population cette proclamation :

« Le général commandant en chef porte à la connaissance de la population les dispositions suivantes :

» Aux termes des lois françaises en vigueur, tous les habitants indigènes ou étrangers, à quelque nationalité qu'ils appartiennent, résidant sur le territoire occupé par les troupes françaises, sont justiciables des tribunaux militaires pour tous crimes ou délits de nature à porter atteinte à la sûreté de l'armée française.

» Le général en chef espère que les habitants ne le mettront pas dans la nécessité d'avoir à appliquer ces dispositions. Il leur promet dans ce cas aide et protection à l'ombre du drapeau français, et leur donne l'assurance que, partout, l'homme paisible sera respecté dans sa personne, sa famille, ses propriétés et son industrie.

» Fait au quartier général à Majunga, le 6 mai 1895.

» DUCHESNE. »

Cette proclamation fut traduite en langue malgache et affichée dans toute la région débarrassée de la domination hova.

Le débarquement des troupes s'opéra jusqu'à la fin de mai, et le général prit toutes les dispositions pour leur assurer le logement. Les rares maisons des colons européens, celles des Indiens et des Arabes, tous les locaux nécessaires à l'installation des services, furent réquisitionnés. Mais la plupart de ces logements étaient d'une malpropreté repoussante, habités par des scorpions et d'autres animaux que de vigoureux nettoyages ne réussirent pas toujours à chasser. L'état sanitaire des troupes, resté satisfaisant jusqu'ici, eut bientôt à souffrir des conditions hygiéniques défectueuses. En outre, le service du port et la navigation fluviale avaient causé de déplorables retards qui contrariaient les projets du général Duchesne.

Cependant la première brigade continuait sa marche en avant, ne voulant pas laisser aux troupes de Ramasombazaha, général des troupes malgaches, le temps de se reposer. Si elle n'avait eu guère à souffrir du feu de l'ennemi, les maladies commençaient à sévir dans ses rangs, et chaque jour voyait revenir à Majunga un convoi de soldats pâles, anémiés, dévorés par la fièvre. Dès le 4 mai, le premier bataillon du régiment colonial, sous les ordres du commandant Pardes, se porta vers Manonga, à douze kilomètres environ de Marovoay. La petite colonne arrivait le 6 à Manonga, après une marche rendue. excessivement pénible par le mauvais état des sentiers et les nombreux marais qu'elle avait dû traverser.

A la suite d'une série de reconnaissances, l'ennemi est signalé le 15 mai près du gué de la rivière de Karembo ; les Hovas, au nombre de 2,000, mais mal gardés, ignorant que le bataillon français est à peine à une portée de fusil, sont vivement attaqués par nos tirailleurs qui s'avancent dissimulés dans la brousse. L'éveil leur est bientôt donné, ils courent aux armes et une vive fusillade s'engage ; nos soldats, un peu surpris par leur feu de salve se précipitent sur eux à la baïonnette. Un corps à corps des plus meurtriers dure quelques minutes, puis les Hovas prennent la fuite laissant sur le terrain soixante morts. Un canon Krupp leur avait été pris avant que les tirailleurs hovas eussent eu le temps de s'en servir.

L'ennemi évacuait successivement toutes ses positions tandis que la brigade Metzinger, continuant sa route, occupait le 23 mai Ambato, à la jonction de la route fluviale et de la route terrestre.

Ayant franchi, non sans difficulté, le Kamoro, affluent du Betsiboka, cours d'eau formé d'une chaîne d'étangs et de marais, la colonne poursuivit sa marche, sans rencontrer la moindre résistance. Elle avait ordre de ne s'arrêter qu'au confluent du Betsiboka et de l'Ipoka, où le général Duchesne devait la rejoindre.

Le commandant en chef annonçait par dépêche, le 4 juin, qu'il quittait Majunga pour prendre la direction des opérations. Le 8, une nouvelle dépêche parvenait à Paris :

« La première brigade est arrivée à quatre kilomètres

Gué sur la route de Tananarive.

du confluent de l'Ikopa et du Betsiboka, qui ne semble pas être défendu.

» L'ennemi paraît être concentré devant Mevatane. »

Malheureusement la fièvre et la dysenterie faisaient de nombreux ravages dans le corps expéditionnaire, et les derniers venus étaient aussi éprouvés que les soldats débarqués les premiers à Madagascar. Une des premières victimes fut le colonel Gillon, du 200ᵉ de ligne. Quoique souffrant depuis le jour du débarquement à Majunga, il fit preuve néanmoins de la plus grande activité jusqu'au jour où, terrassé par la maladie, il dut entrer à l'ambulance à Marovoay. Transporté ensuite à Majunga, il y mourut un mois à peine après son arrivée, moins de deux mois après les enthousiastes ovations qui l'avaient salué dans les rues de Lyon et de Marseille. Il fut remplacé par le lieutenant-colonel Bizot, qui, en prenant possession de son commandement, adressa à ses soldats l'ordre du jour suivant :

« Le lieutenant-colonel a la douleur d'annoncer au régiment la mort de M. le colonel Gillon, commandant du 200ᵉ, décédé de la dysenterie sur le *Shamrock*, en rade de Majunga, dans la nuit du 12 au 13 juin.

» Esclave de son devoir et luttant jusqu'au bout avec la plus grande énergie, le colonel Gillon ne s'est résigné à entrer à l'ambulance que terrassé par le mal, et alors que son état inspirait les plus vives inquiétudes.

» En disant un dernier adieu à celui qui créa notre régiment et qu'il aimait d'un si grand amour, le lieutenant-colonel, les officiers, les sous-officiers et soldats du 200ᵉ, envoient le plus profond et respectueux témoignage de leur douloureuse sympathie à la veuve infortunée et aux pauvres orphelins si cruellement frappés.

» Le Dieu des armées recueillera dans son sein ce soldat qui tombe sur la terre étrangère pour notre chère patrie.

» Marovoay, le 14 juin 1895.

» Le lieutenant-colonel commandant le régiment,

» BIZOT. »

L'avant-garde de la brigade Metzinger, bientôt rejointe par l'état-major général, était arrivée au confluent du Betsiboka et de l'Ikopa. Ce dernier cours d'eau, qui passe à Tananarive, est une rivière large, mais peu profonde, obstruée souvent par des bancs de sable. Or, la colonne devait franchir le Betsiboka pour atteindre Mevatanana ou Mevatane, que l'ennemi occupait en force. Mais on pouvait craindre un combat sur les bords du Betsiboka, et le passage du fleuve sous le feu de l'ennemi était d'autant plus dangereux que nos troupes ne disposaient que d'un matériel insuffisant.

Malgré l'incertitude des renseignements, le bataillon de la légion étrangère reçut, le 6 juin, l'ordre de passer le Betsiboka. Les Hovas, qui avaient élevé des retranchements sur la rive gauche, ouvrirent le feu sur la colonne française. Le bataillon, soutenu par la 15e batterie et la canonnière le *Brave*, à laquelle vint se joindre l'*Infernale*, franchit le fleuve ; des obus furent lancés sur les bois où s'étaient réfugiés les Hovas, qui, sans plus de résistance, battirent précipitamment en retraite. « Les différents corps de la brigade Metzinger franchirent le Betsiboka à gué les jours suivants. Or, la profondeur de ce gué varie en vingt-quatre heures de façon très appréciable ; dans le jour, le soleil enlève au fleuve une grande quantité d'eau qui s'évapore et que restitue la nuit. On dut tenir compte de ce phénomène.

» L'infanterie entrait dans la rivière en plaisantant et barbotait joyeusement, les cartouchières attachées sur la tête, le fusil haut, car en plusieurs endroits l'eau montait jusqu'aux aisselles. Hors du fleuve chacun se secouait, tout dégouttant de cette eau un peu tiède et le soleil séchait bien vite nos fantassins qui, du reste, ne manquaient pas de réclamer des serviettes.

» Les chevaux arabes des chasseurs d'Afrique, le pied toujours sûr, braves petites bêtes considérablement résistantes et résolues, ne se firent pas prier pour traverser le fleuve. Aucun d'eux ne fut entraîné par le courant assez violent à l'endroit où ils passèrent. Peu de chutes, causées surtout par le paquetage d'une lourdeur excessive.

» En revanche, les mulets ne montrèrent pas la même bonne volonté. Ils portaient les bagages de la colonne, les cantines de campagne des officiers, escortées par les ordonnances. Après quelques hésitations. ils se mirent à l'eau, dont la fraîcheur après une rude étape leur parut si exquise, si reposante qu'ils voulurent tous non avancer, mais se coucher, prendre un long bain comme de vrais sybarites. Inutile d'ajouter que ces animaux vigoureux et têtus ne se préoccupaient en aucune façon des caisses dont on les avait chargés et encore moins de ce qu'elles contenaient. Il en résulta de graves dégâts dans les vêtements, la lingerie et dans les provisions des officiers.

» Soldats du train, coolies, ordonnances frappaient à tour de bras sur leurs mulets pour les décider à marcher ; mais, au milieu du fleuve, ces corrections ne produisirent pas grand effet. Les animaux continuaient à s'ébrouer ; ils bousculaient et renversaient leurs conducteurs. Quelques-uns mêmes, dans leurs ébats violents, réussirent à se débarrasser du fardeau qui leur pesait (1). »

Des coolies tentèrent bien de repêcher les caisses entraînées par le courant, mais les caïmans, que le bruit avait d'abord éloignés, s'étaient rapprochés, mis en appétit par ce défilé d'hommes, de chevaux et de mulets, et il fallut renoncer aux bagages tombés dans le fleuve.

Le passage s'opéra sans autre accident, mais le gué n'étant pas assez sûr pour être pratiqué longtemps, le colonel du génie Marmier reçut l'ordre de construire un pont sur le Betsiboka.

Le dimanche 9 juin, Mevatane est attaqué, les obus à la mélinite terrifient les Hovas qui, jugeant la résistance trop périlleuse, se hâtèrent d'abandonner leurs positions pour prendre la route de Suberbieville. Dans

(1) *La Guerre à Madagascar.*

sa fuite, l'ennemi avait abandonné deux canons à tir rapide et de nombreuses armes, la plupart de provenance anglaise.

La prise de Mevatane eut pour conséquence immédiate l'occupation de Suberbieville (1). Les Hovas se hâtèrent d'évacuer les établissements à l'approche de l'avant-garde française. Pas un coup de feu ne fut tiré et leur départ ne fut signalé que par l'incendie d'un vaste hangar.

Les maisons et les autres hangars ayant été respectés, le général Duchesne y installa son quartier général, ainsi que les malades et les troupes d'administration. Suberbieville fut transformé en un vaste cantonnement où campèrent plusieurs milliers d'hommes, protégés par des lignes d'avant-postes dans la direction d'Andriba.

Le séjour dans cette localité fut comme une halte sur la route de Tananarive. Le général en chef en profita pour passer des revues, faire des inspections et donner un peu de repos à ses troupes fatiguées. Le corps expéditionnaire était sérieusement éprouvé par la fièvre, la dysenterie, les fatigues de toute sorte. Le 200e fondait à vue d'œil; le 40e bataillon de chasseurs et les troupes algériennes avaient subi également des pertes terribles.

Le général Duchesne, préoccupé surtout d'assurer le ravitaillement du corps expéditionnaire, avait fait entreprendre, sous la direction du génie, de grands travaux, tels que la construction de ponts et d'une route. On ne pouvait compter sur le transport par voie fluviale, le montage des canonnières était long et difficile, et plusieurs chalands se trouvaient hors de service. Or, la construction d'une route sous ce climat des tropiques était meurtrière pour nos troupes. Bien que disposant de milliers de coolies et d'auxiliaires, les soldats du génie furent tellement décimés qu'on dut faire un

_____

(1) On donne ce nom aux établissements fondés par M. Suberbie pour l'exploitation des mines d'or. Suberbieville, sur l'Ikopa, est à huit kilomètres de Mevatane.

nouvel appel aux régiments de France et expédier quatre cents sapeurs à Madagascar. « On ne dira jamais assez, dit M. Galli, quel fut le zèle admirable, le dévouement de tous les instants de ces braves gens échelonnés, isolés entre Majunga et Mevatane, maniant la pelle et la pioche presque sans relâche, toujours prêts à prendre le fusil et faire le coup de feu contre les bandes de Fahavales, demeurant de longues semaines au cœur même de la région la plus malsaine, respirant la fièvre au milieu des terres remuées par eux dans les marais, incertains même parfois d'être secourus et soignés à temps en cas de maladie, vivant de la vie la plus pénible et la plus monotone, pionniers infatigables qui déjà comptaient, hélas! de nombreuses victimes. »

Les malades étaient, autant que possible, transportés à Majunga, puis de là au sanatorium de Nossi-Comba, ou, si leur état le permettait, ramenés en France.

Tandis que les Français campaient à Suberbieville, les Hovas s'étaient retirés à Andriba, c'est-à-dire à environ quatre-vingts kilomètres. Mais bien qu'aucun mouvement suspect ne fût signalé, le général en chef, voulant éviter toute surprise, fit établir un poste avancé à Tsarasoatra, à vingt kilomètres de Suberbieville et en confia le commandement au chef de bataillon de tirailleurs algériens Lentonnet, qui s'était déjà distingué au combat de Mevatane.

Les Hovas établis à Andriba avaient reçu des renforts et commençaient à se reformer. Parfaitement renseignés sur les mouvements des troupes françaises, ils crurent l'occasion favorable de remporter une victoire et envoyèrent un fort détachement attaquer le poste de Tsarasoatra, qui ne comptait guère que deux cents hommes. Le général Raninanihitriniany, au lieu de marcher directement sur Tsarasoatra, voulut tourner la position et établit son camp sur le mont Beritza. Mais le commandant Lentonnet était sur ses gardes; quelques turcos avaient aperçu des lambas blancs se dissimulant derrière les replis du terrain et une reconnaissance fut immédiament envoyée à la rencontre de l'ennemi. Vers six heures et demie du matin, une troupe nombreuse de Malgaches se montra poussant de grands cris et cherchant à envelopper les Français. A leurs fusils et à leurs canons, les nôtres ripostent vivement ; mais sentant leur supériorité numérique, les Hovas tenaient bon sous le feu. Le combat durait depuis plus d'une heure sans résultats sérieux. Alors le commandant Lentonnet fit mettre baïonnette au canon à ses hommes qui s'élancèrent au pas de course sur un groupe d'ennemis : ceux-ci tournent le dos, n'écoutant pas la voix de leurs chefs qui cherchent en vain à les rallier. Cependant le gros des troupes hovas cherche encore à déloger les nôtres de leurs positions. Pendant qu'ils s'épuisaient en vains efforts, deux compagnies du régiment algérien, campées à dix kilomètres en arrière, à Behanana, recevaient l'ordre de venir au plus vite. Dès leur arrivée, le commandant Lentonnet fit sonner la charge, et les Malgaches s'enfuirent au plus vite dans leur camp sur le mont Beritza.

Dans cette mémorable journée, deux cents Français, renforcés vers midi de deux compagnies, avaient mis en déroute plus de deux mille Hovas.

Au quartier général de Suberbieville, on avait reçu avis des postes avancés que le canon tonnait à Tsarasoatra. Aussitôt le général Metzinger fait prendre les armes au 40e bataillon de chasseurs et à la 16e batterie. Le soir même, il arrive sur le théâtre du combat, où, après avoir félicité le commandant Lentonnet, il se fait renseigner sur les positions de l'ennemi. Le lendemain, avant le lever du jour, après une revue rapide, il forme une colonne d'attaque pour déloger les Hovas du mont Beritza. Le clairon sonne la charge, les chasseurs montent les premiers à l'assaut; ils grimpent sans que rien ne les arrête et s'accrochent aux rochers tout en faisant le coup de feu et en s'abritant de leur mieux. Les Hovas résistent quelque temps; mais l'artillerie ouvre le feu sur leur camp qui est envahi de deux côtés par les chasseurs et les turcos. Un millier d'hommes met en déroute cinq mille Malgaches qui s'enfuient sans prendre le temps d'emporter leurs bagages. Beaucoup d'entre eux jettent leurs armes et se constituent prisonniers. On recueille dans le camp cinq cents tentes, des armes, de beaux uniformes d'officier, des chapeaux à plumes, du tabac, des médicaments, etc. Tandis que l'ennemi a fait des pertes sérieuses, on ne compte chez nous que huit blessés. A Tsarasoatra, il y avait eu un mort, le caporal Sapin, et le lieutenant Augey-Dufresne, mortellement blessé. Les corps de ces deux braves furent transportés à Suberbieville où ils eurent des obsèques dignes d'eux. Le général Duchesne conduisit lui-même le deuil et prononça sur les deux tombes voisines une touchante allocution.

Le séjour à Suberbieville se prolongea encore quelques jours. Une grande revue eut lieu le 14 juillet et, à cette occasion, des décorations et des promotions furent accordées. Le général Metzinger fut promu divisionnaire et le commandant Lentonnet était nommé lieutenant-colonel en récompense de sa brillante défense de Tsarasoatra.

Malgré ces succès, l'opinion publique, en France, était vivement préoccupée de la mortalité qui décimait l'armée ainsi que de cet arrêt dans la marche sur Tananarive. Au sein du corps expéditionnaire se manifestait également une certaine impatience d'atteindre le but. Les travaux de la route, les difficultés du ravitaillement étaient les causes principales de ce retard.

Toutefois la confiance dans le général en chef n'était pas ébranlée. Jusqu'ici la brigade de terre avait été seule engagée contre les Hovas; la brigade de mer du général Voyron vint rejoindre le reste de l'armée dont elle forma dès lors l'avant-garde. Le 31 juillet, le ministre de la guerre recevait de Majunga la dépêche suivante :

« La brigade Voyron est partie pour prendre la tête du mouvement.

» Les généraux Duchesne et de Torcy quittent

A l'assaut !

Suberbieville avec l'intendant Gaudin. La marche va se poursuivre sans rompre. »

La brigade du général Voyron était la moins éprouvée du corps expéditionnaire. Il est vrai qu'elle n'avait pas travaillé aux routes, les nègres seuls y ayant été employés. Mais son tour était arrivé ; l'infanterie de marien devait, elle aussi, coopérer aux travaux de la route jusqu'à Andriba, dans les rampes escarpées de l'Ambohimenakely, où il fallait exécuter des déblais considérables pour frayer aux voitures Lefebvre une voie qu'elles pussent suivre (1). Cependant le général en chef, pour hâter la marche, cessa bientôt d'imposer ces travaux de terrassement aux troupes d'avant-garde, qui arrivèrent le 15 août à Soavinandriana, à vingt-quatre kilomètres d'Andriba. Depuis quelques jours des postes hovas étaient signalés dans le voisinage, et, le 14, des coups de fusil avaient été tirés sur les travailleurs de la route. Le 16, à la pointe du jour, l'ennemi débusquait brusquement des hauteurs qui dominent Soavinandriana, ouvrant un feu nourri sur les tirailleurs sakalaves placés en avant-garde. Ceux-ci, un moment surpris par cette fusillade, reprirent vite l'offensive et eurent bientôt délogé l'ennemi qui s'enfuit, laissant une dizaine de morts sur le terrain, tandis que de notre côté un tirailleur était légèrement blessé.

Cette petite escarmouche sans importance était un indice que les ennemis nous attendaient en force à Andriba. Le gouvernement de Tananarive venait de mettre à la tête de l'armée un nouveau chef, Rainianjanoro, ancien esclave de la couronne, élevé par la faveur du premier ministre. C'était un homme éner-

(1) Les voitures Lefebvre, qui avaient rendu des services au Dahomey, ont causé de grandes déceptions dans l'expédition de Madagascar. « Si encore elles étaient solides, écrivait de Beritza le correspondant d'un journal. Mais elles ont été confectionnées hâtivement et se brisent toutes à la jonction des brancards et de la caisse. Il y en a dix pour cent hors de service et quatre-vingts pour cent ont des brancards de fortune, des branches d'arbre tant bien que mal attachées sur les côtés de la caisse. Elles n'ont pourtant circulé jusqu'à présent que dans les plaines du Betsiboka et de l'Ikopa ; nous verrons ce qu'il en restera d'utilisable dans quinze jours, lorsqu'elles auront gravi les rampes de l'Ambohimenakely ; je crains, pour ma part, qu'il n'y en plus une seule en état de rendre des services. »

gique, connaissant bien le pays, exerçant une grande influence sur son armée, ayant de nombreuses relations parmi les chefs sakalaves qui, tout en se déclarant nos amis, ne devaient pas manquer de le renseigner sur nos mouvements.

La colonne française continua sa marche lentement, à travers mille difficultés, suscitées par la chaleur, la soif, la nature du pays. Ni rivières, ni champs cultivés ; toujours des rochers et des ravins sans verdure. La brigade Voyron arriva près d'Andriba, où les Hovas, au nombre de plus de six mille, ayant dans leurs rangs le colonel anglais Graves, avaient accumulé tous les moyens de défense. Cette place, considérée comme la porte des défilés qui conduisent à Tananarive, était une admirable position défensive.

Le 21 août, l'attaque commençait et les débuts de l'action firent croire à une résistance sérieuse de la part des Hovas. Mais après une vive fusillade dirigée contre les tirailleurs sakalaves, ce ne fut plus qu'un combat d'artillerie dans lequel nos obus à la mélinite eurent bientôt raison des batteries ennemies. Le 22 au matin, la place était occupée ; sept canons étaient en notre possession et nos pertes se réduisaient à un tirailleur sakalave tué ; un artilleur avait été blessé et deux contusionnés. Les Malgaches, qui laissaient un certain nombre de morts sur le champ de bataille, s'enfuient en incendiant tous les villages voisins d'Andriba.

Ce succès était un indice que la défense du plateau d'Imérina ne serait pas plus énergique et que seules les difficultés de la route pourraient retarder la prise de Tananarive.

CHAPITRE NEUVIÈME

Prise de Tananarive. — Désarroi à la cour de Ravanalo. — Un article du *Madagascar News.* — La colonne légère. — Combat de Tsinainondry. — La marche dans l'Imérina. — Combat de Babay. — Prise de Tananarive. — Capitulation de Farafate. — Convention franco-malgache. — Madagascar possession française.

Tandis que l'opinion publique, en France, était vivement émue par le spectacle des nombreux malades revenant de Madagascar, un complet désarroi régnait à la cour de Tananarive. Des récriminations se faisaient même entendre contre les Anglais considérés jusqu'alors comme des alliés fidèles. On accusait de trahison et de désertion le colonel Shervington et le colonel Hall.

Tous deux répondirent :

« Les difficultés proviennent des Hovas eux-mêmes. Ils ne comprennent pas la situation. Le premier ministre paraît avoir perdu l'influence qu'il exerçait sur le peuple. En négligeant l'avis des officiers anglais, les Hovas ont appelé eux-mêmes le désastre sur leurs têtes. A l'heure qu'il est, ils ne sont, à aucun point de vue, à même de s'opposer aux Français avec des chances de succès. Le parti français est en train d'obtenir le dessus dans la capitale, et il est très probable qu'une révolution s'y produira avant l'entrée du corps expéditionnaire. »

De son côté le capitaine Hall ajoutait :

« Le parti français est assez considérable. Il compte plusieurs personnages en vue, — des parents de la reine et du premier ministre — et est formé d'individus subornés par les Français; avant que ceux-ci aient quitté la capitale, ces individus espèrent être nommés aux emplois de l'Etat lorsque les Français seront arrivés. Ils n'ont visé qu'à contrecarrer le colonel Shervington et le premier ministre en toutes choses. Si ces gens-là parviennent à avoir la haute main, les forces que commande le général Duchesne seront reçues à Tananarive à bras ouverts, sans roi ni premier mnistre pour les gêner. Je suis fermement convaincu qu'il en sera ainsi etque les Français, à leur arrivée, trouveront le terrain préparé à leur avantage de façon à n'avoir qu'à occuper la ville. Voilà pour ce qui concerne le parti français. »

Quant à Rainilaiarivony, il se montrait impitoyable, même pour les membres de sa famille, trop peu belliqueux à son gré. Tout ce qui le contrariait était brisé. « Rainilaiarivony, écrivait le correspondant d'un journal anglais, jadis remarquable par son énergie, par sa sagesse, n'est plus que l'ombre de lui-même. Les rênes du gouvernement échappent à ses mains débiles, sa mémoire n'est plus que du radotage, mais sa faiblesse ne le rend pas encore insensible aux désastres qui écrasent son pays; son cœur ne tardera pas à se briser, car, depuis la prise de Marovoay, il a compris l'impuissance des Hovas ; il convoque alors ses officiers, leur raconte ce qui vient d'arriver, éclate en sanglots et s'évanouit dans les bras de ceux qui l'entourent.

« On dit que le malheureux vieillard parcourt à grands pas la chambre qu'il habite dans son palais, se tordant les mains de désespoir et priant tour à tour ; on dit aussi qu'il s'est écrié maintes fois :

« Ah ! si mes Vazahas (Européens) étaient restés ici, un pareil malheur ne nous serait pas arrivé ! Ils sont partis; personne à qui je puisse me confier ! personne qui puisse me conseiller ! »

» Lors de la prise de Mevatanana, les Hovas ont été littéralement ahuris par la mort invisible que les troupes algériennes semaient dans leurs rangs. Pas de bruit, pas de fumée, dit le porteur de la nouvelle de ce désastre ; le premier ministre a songé à se rendre lui-même au milieu des troupes pour les encourager par sa présence. »

La chute de Tananarive était proche. Mais l'occupation de la ville par les Français mettrait-elle fin à la guerre ? Non, répondaient certains partisans de la lutte à outrance, très influents auprès du premier ministre. Leur organe, le *Madagascar News*, cité plus haut, revenait sur la proposition déjà faite de brûler Tananarive avant l'arrivée du corps expéditionnaire. Il exprimait cette idée avec une nouvelle force, dans un article portant ce titre : *Qu'est-ce qui coûtera le plus cher : brûler Tananarive ou la laisser prendre par les Français ?*

« Ce serait une pure folie, disait la feuille anglo-hova, que d'engager une bataille en règle avec les Français. Les Malgaches ne peuvent compter que sur le climat pour venir à bout de leurs ennemis, et pour que le climat fasse son œuvre, il est indispensable que les Malgaches détruisent Tananarive, ses faubourgs et tous les villages environnants. Incendier une grande ville est, certes, un acte très grave, mais il faut penser qu'une ville occupée par une armée ennemie n'appartient plus à ses maîtres naturels et qu'elle sert de base pour la levée des impôts. Les propriétaires des riches maisons désirent qu'on n'y mette pas le feu, mais ils ont tort. Car les riches maisons seront les plus lourdement taxées et, en outre, réquisitionnées pour le logement des officiers; leurs propriétaires, aujourd'hui si fiers, en seront chassés comme des laquais ou, à leur grande honte, relégués dans les combles. Mieux vaut la destruction de ces demeures familiales que de les voir souillées par des orgies ou des scènes honteuses. Mais l'affront fait aux sentiments patriotiques des Malgaches n'est pas le seul mal qu'ils aient à redouter, et laissant de côté les massacres qui seront le prélude de l'occupation française, voyons ce qui attend les vaincus par la suite. Ils auront à nourrir les conquérants qui les auront dépossédés de leurs demeures et qui auront massacré leurs compatriotes.

Cette riche province de l'Imérina sera mise à contribution pour fournir de vivres le corps expéditionnaire français, et de nombreux convois de porteurs seront réquisitionnés pour envoyer les provisions aux stations militaires établies entre Tananarive et la mer.

» Si, par exemple, l'armée française arrive dans l'Imérina vers le 1er octobre, elle devra, à cause de la saison des pluies, y séjourner au moins jusqu'au 31 mai suivant et, pendant ces 243 jours, la ville de Tananarive aura, pour les seules rations de viande, de riz et de bois à brûler, à payer une somme totale d'au moins 15 millions de francs qui seront forcément prélevés sur les propriétaires. Quant aux ouvriers et aux laboureurs, ils seront corvéables à merci, sans aucun esprit d'une rémunération quelconque. Les approvisionnements à apporter de la côte à Tananarive, le transport en filanzana des nombreux officiers à travers le pays occuperont la grande masse de la population ; les Hovas se trouveront donc sans vivres aussi bien que sans argent. On ne peut, du reste, douter des intentions des Français. M. Chautemps, rapporteur de la commission de Madagascar à la Chambre des députés, n'a-t-il pas dit, le 23 novembre dernier : « Il est important de ne pas prendre de demi-mesures, il faut aller à Tananarive. Une fois l'effort décisif accompli, Madagascar payera les dépenses du protectorat français. »

D'autre part, le gouvernement de la République n'a pas caché sa volonté formelle de faire supporter à Madagascar, non seulement les frais de protectorat, mais aussi les dépenses de l'expédition. Il y aurait donc lieu, une fois la conquête faite, de procéder à un emprunt de 125 millions de francs dont les charges et les intérêts ne pourraient être inférieurs à 7 1/2 %, soit une annuité à payer de près de 22 millions. Si l'on ajoute à cette première somme les traitements des innombrables fonctionnaires français et l'entretien de l'armée d'occupation que nous nous sentons, du reste, incapable d'évaluer, mais qui seront certainement énormes, on voit quelle ruine s'ensuivra pour les Malgaches.

» Il ne faut pas perdre de vue qu'en ouire, les Français, qui cherchent avant tout à s'enrichir aux dépens des Malgaches, ont le dessein d'établir des routes, des chemins de fer, etc., et, comme tous ces travaux ne pourront pas, au moins pendant un quart de siècle, être rémunérateurs pour les capitaux qui s'y engagent, le poids de toutes ces dépenses tombera encore sur le pauvre Malgache, d'autant plus que la plupart seront exécutés par la corvée, comme il a été fait récemment dans la partie du Siam si injustement prise par la France, et plus anciennement dans l'isthme de Suez, dont le canal est considéré comme une œuvre de haute science, mais qui n'en a pas moins coûté la vie à d'innombrables travailleurs.

» Il faut que les Malgaches risquent le tout pour le tout ; il faut qu'ils brûlent leurs maisons et leurs églises plutôt que de laisser ces maisons devenir le tombeau de leur nation et de voir les églises transformées en écuries pour mules. »

Ces excitations ne furent heureusement pas écoutées et la prise de Tananarive devait marquer la fin de la campagne.

Les troupes françaises quittèrent Andriba le 12 septembre et une colonne légère fut constituée; elle fut composée moitié de troupes de la guerre, moitié de troupes de la marine, et commença la marche sur Tananarive en trois échelons successifs. Cessant de traîner derrière eux la voiture Lefebvre, nos soldats s'avancèrent avec rapidité dans la vallée pittoresque du Mamokomita (qui attire les moustiques), gravissent les rampes du plateau de Tafalo et arrivent le 16 en vue d'Ampotaka. Devant eux s'allonge la vallée du Firingalava, avec les retranchements hovas qui la barrent dans toute sa largeur. Encaissée entre deux montagnes de 1200 mètres d'altitude, cette vallée est occupée dans son milieu par une colline allongée aux molles ondulations qui s'élève graduellement jusqu'à Tsinainondry (boyau de mouton) pour commander le cours inférieur de la rivière. C'était une position

Vue générale de Tananarive.

militaire de premier ordre, où l'ennemi avait accumulé tous les moyens de résistance.

Le 15, vers cinq heures du matin, la colonne s'ébranle : deux compagnies de tirailleurs algériens sont envoyées contre les défenses de l'ouest, tandis que l'attaque des ouvrages de l'ouest est confiée au bataillon de tirailleurs malgaches. Ce dernier, sans se laisser intimider par les canons de l'ennemi, l'aborde à la baïonnette après l'avoir criblé de ses feux de salve, et le chasse de ses retranchements. De leur côté, les Algériens, un moment retardés par les pentes ardues qu'ils ont à escalader, arrivent pour hâter de leurs feux la retraite déjà commencée par l'abandon de la position centrale. L'artillerie laissée en arrière se montre plus tard sur le champ de bataille ; quand de notre côté le canon se met à tonner, la défaite est immédiatement généralisée. A midi le combat cesse ; l'ennemi a évacué toutes ses positions laissant de nombreux morts sur le champ de bataille.

La colonne continue sa poursuite à travers des sentiers inaccessibles, occupe Kinajy, et, le 18, campe au pied de l'Ambohimena, dont le plus haut sommet n'a pas moins de 1,462 mètres. Quatorze ouvrages hovas garnissent les flancs de la montagne et forment comme un escalier dont les degrés sont des forteresses.

Le lendemain matin, la brigade Metzinger se concentre à cinq heures du matin, au débouché du sentier principal, tandis qu'un bataillon du régiment d'Algérie et la brigade Voyron exécutent un mouvement tournant.

Les troupes françaises s'attendaient à une véritable bataille. « Le silence précurseur des tempêtes, raconte un témoin oculaire, planait sur les choses endormies. Une lumière grise estompait les contours et les crêtes des montagnes. Le soleil n'était pas encore levé, les Hovas non plus ; rien ne bougeait dans leurs positions. La fraîcheur était intense. On grelottait presque et on escomptait la chaleur du combat.

« Avec le soleil, les lambas blancs parurent et commencèrent à s'agiter comme une fourmilière. A sept heures dix, un coup de canon partit d'une des batteries élevées. Enfin, un second coup lui succéda, puis un troisième, puis bien d'autres. Sur qui tiraient nos ennemis ? Mystère. Personne ne bougeait chez nous et nous étions hors de portée.

» Pendant ce temps, le bataillon de tirailleurs algériens, qui avait cheminé à l'abri de la vue et des coups de l'ennemi, dans un ravin, débouchait sur le flanc des premiers retranchements hovas. Ils étaient déjà évacués. De loin, de très loin, on lui envoya quelques feux désordonnés. Il se contenta de prendre sans halte son dispositif de combat et d'attendre.

» Mais l'intérêt était ailleurs ; nous cherchions la brigade Voyron. Anxieux, nous braquions nos jumelles sur le point où elle devait arriver ; tout à coup nous l'apercevons ; elle suit une longue arête, les tirailleurs malgaches (1) en tête. En dépit de la montée, leur allure est rapide ; ils ont le diable au corps et, débarrassés de leur sac, ils volent. L'ennemi ne les a pas encore aperçus ; l'entreprise va réussir. Eh bien ! pas du tout. Les Hovas, inquiets de notre immobilité, à laquelle on ne les a pas habitués, flairent quelque piège. Ils envoient des éclaireurs à droite, des éclaireurs à gauche. Leur agitation est extrême. Voici qu'ils aperçoivent nos Malgaches. Ils se sentent tournés. Ils tirent, ils tirent affolés, sans épauler, puis ils se sauvent. Leur mouvement de retraite se communique de proche en proche. Tous les retranchements se vident et bientôt l'Ambohimena n'est plus qu'un champ de course où les Hovas, déployant la vigueur de leurs jarrets, luttent de vitesse avec nos tirailleurs qui les poursuivent.

« On a fait quelques prisonniers ; on a pris trois canons et de nombreuses caisses de munitions. Quelques cavaliers ont essayé en vain de donner la chasse aux fuyards. Des feux de salve, exécutés par le bataillon Ganeval, qui avait dégringolé le versant méridional de

(1) Il s'agit du bataillon sakalave qui faisait partie du corps expéditionnaire français. Les Comoriens, il est vrai, y étaient plus nombreux que les Sakalaves proprement dits.

l'Ambohimena à la suite des Hovas, ont encore pré-
cipité sa fuite. A neuf heures, tout était terminé. »

Dans la même journée, le corps expéditionnaire
arrive à Maharidaza, d'où il repart le surlendemain
21, et campe le 22 sur les bords de l'Andranobe, près
d'Antoby. Il est au cœur de l'Imerina, à soixante kilomètres à peine de Tananarive. Les Hovas fuient toujours ne brûlant même plus les villages que nos troupes
doivent traverser.

Continuant sa marche vertigineuse, la colonne légère
gravit le 23 l'Ankararé, occupé par un fort détachè-
ment ennemi, qui, après avoir tiré quelques coups de
fusil sans résultats, s'empressa de battre en retraite,
aussitôt qu'il vit mettre nos canons en batterie. Sans
perdre le contact avec l'ennemi, elle établit ses bivouacs
« dans une grande plaine nue, déserte, à quelques
kilomètres de la Lohavohitra, grosse montagne à trois
têtes, aux flancs encombrés de rochers, à l'aspect triste
et lugubre, à la silhouette torturée et grimaçante. »
Sur les hauteurs, les Hovas avaient installé leur camp
en carré comme s'ils devaient y rester longtemps ;
quelques reconnaissances et quelques coups de fusil
suffirent pour les faire partir. N'ayant pu les gagner en
vitesse, nos reconnaissances ramenèrent en revanche
un fort butin : bœufs, cochons, moutons, volailles.

Après avoir défilé le long de la Lohavohitra, à travers des villages de plus en plus nombreux, les troupes
françaises arrivèrent, le 25, au pied de Babay, village
perché sur une haute colline. De là, on n'était plus qu'à
trente kilomètres de Tananarive. Les Hovas y étaient
établis en force avec une nombreuse artillerie. Il semblait qu'ils fussent décidés à faire un effort suprême
pour empêcher la capitale du royaume de tomber entre
nos mains. Le 26, au matin, lorsque la colonne se mit
en route, l'avant-garde fut saluée par des coups de
fusil et des coups de canon qu'elle reçoit de plusieurs
côtés à la fois. Elle était littéralement couverte de
plomb et six de nos soldats furent blessés. Sans s'émou-
voir, nos troupes ripostèrent par des feux de salve rapi-

dement exécutés. L'artillerie hâta sa mise en batterie, et ce fut, pendant quelques instants, un roulement de tonnerre formidable. Les balles ennemies vinrent jusqu'au quartier général et l'une d'elles traversa la selle du général de Torcy. Mais si les Hovas résistaient à la fusillade, surtout quand ils étaient abrités, ils ne savaient pas tenir au canon. Nos obus les affolaient, et il leur était impossible de se maintenir en position. Bientôt ils lâchèrent pied, escaladant les escarpements, franchissant les rochers accumulés sur la montagne.

Toutefois, ils ne se tenaient pas pour battus. Après avoir occupé l'Amparara, notre avant-garde aperçut dans toutes les directions une masse de lambas blancs contre lesquels elle ouvrit un feu nourri, l'artillerie s'étant mise de la partie, ce fut une débandade générale. Chassant devant elle ce troupeau de fuyards, elle poursuivit sa marche, lorsque des obus tombèrent près du général Metzinger et de son état-major. Ils partaient du village d'Ambohipiary, situé sur une des collines qui couvrent Tananarive à l'ouest et où est née la reine Ranavalo. Peut-être, par respect pour leur souveraine, les Hovas voudraient-ils défendre cette position « contre l'approche des Vazahas, ou tout au moins l'illustrer par leur résistance? Leur tir était admirablement réglé et les obus tombaient au milieu d'un bataillon algérien heureusement dispersé en tirailleurs; ils ne nous tuèrent qu'un homme. » Mais dès que notre artillerie fut en batterie, les Hovas, bien que commandés par Rasanjy, secrétaire du premier ministre et Ranazanakombana, ministre des lois, venus l'avant-veille de Tananarive, battirent en retraite.

La journée du 27 septembre fut consacrée au repos. La colonne attendit la réserve composée d'un bataillon du 200e, de deux compagnies d'infanterie de marine et de deux compagnies de tirailleurs haoussas, sous les ordres des colonels de Lorme et Bizot. Le corps expéditionnaire tout entier ayant été à la peine devait être à l'honneur. On se remit en marche le 28, dans la direction d'Ambohimanga, la ville sainte des

Malgaches, mais elle ne fut pas occupée par les Français qui allèrent camper à trois kilomètres de la ville. Le 29, l'avant-garde reçut quelques coups de fusil à Sabotsy et des coups de canon tirés de la colline d'Analama-hitsy. En apercevant le mouvement de nos troupes, les Hovas, craignant d'être tournés, se replièrent sur Tananarive. Le lendemain, fut la journée suprême, celle qui devait être couronnée par la capitulation du gouvernement hova. Les deux brigades Voyron et Metzinger se mirent en mouvement pour attaquer la ville sur deux points différents, s'emparer des défenses qui protégeaient la capitale et donner l'assaut.

« Nous n'avions pas encore quitté nos tentes, écrit le correspondant d'un journal, que déjà les obus tombaient sur notre bivouac ; en même temps, notre arrière-garde était attaquée à coups de canon et de fusil par les Hovas, dont on avait signalé la présence la veille au soir, du côté d'Ambohimanga ; deux pièces étaient en batterie sur la place du marché de Sabotsy. Ils trouvèrent devant eux une compagnie d'infanterie de marine et les Haoussas, sous les ordres du colonel de Lorme. Ceux-ci supportèrent vaillamment l'attaque pendant plus de six heures. Mais il fallait en finir ; conduits par de vigoureux officiers, ils se portèrent au-devant de l'ennemi, combinèrent une attaque de front et une attaque de flanc, se jetèrent sur les Hovas à la baïonnette, les mirent en déroute et s'emparèrent des deux canons qui les mitraillaient depuis le matin. C'était une victoire mais qui coûta cher : trois hommes furent tués, quatorze blessés.

» Pendant que s'accomplisait ce beau fait d'armes, la brigade Voyron allait s'installer sur les collines nord-est et la brigade Metzinger exécutait son grand mouvement. Elle eut d'abord à repousser de nombreux tirailleurs ennemis, puis son artillerie riposta habilement à trois batteries établies sur les hauteurs d'Ampanatonandoa ; trois fois les Hovas évacuèrent leurs positions, mais trois fois ils les reprirent, tirant toujours sur nous ; les obus arrivaient juste, sans éclater, heureusement, pour la plupart. Enfin, leur feu s'éteint et le général Voyron prend une position d'attente, surveillant son flanc gauche et guettant l'arrivée de la brigade Metzinger.

» Nous l'apercevons un instant sortant du village d'Andraisora ; elle est reçue par un feu de mousqueterie des plus vifs ; deux compagnies de tirailleurs algériens engagées imprudemment sous ce feu d'enfer sont obligées de reculer, laissant en quelques minutes vingt-trois blessés sur le terrain ; mais cet échec est vite réparé et la brigade continue sa marche. Nous attendons avec anxiété. Enfin, le bataillon malgache, qui sert d'avant-garde au général Metzinger, paraît, gravissant les hauteurs d'Ankatso qu'il enlève et occupe fortement. Puis l'artillerie prend position en face de l'observatoire ; le bataillon malgache y arrive presque en même temps que notre dernier obus. Les Hovas ont beau revenir à la charge, ils sont débordés et abandonnent deux canons. Alors, se passe un fait d'une ironie cruelle. Nos officiers, s'improvisant artilleurs, tournèrent les pièces hovas contre Tananarive, en réglèrent empiriquement le tir, l'ennemi ayant enlevé les hausses, et le premier obus qui tomba sur le palais de la reine fut un obus hova, tiré d'un canon hova servi par des officiers français (capit⁰ Aubé, de l'état-major, et le lieutᵗ Baudelaire, de la compagnie Staup). L'artillerie du général Metzinger vient alors à la rescousse, pendant que le général Voyron occupe avec l'infanterie de marine, dont la manœuvre est vraiment admirable, les hauteurs immédiatement voisines de Tananarive. Il est trois heures ; le bombardement commence. C'est sur le palais de la reine que tirent les canons de la 1ʳᵉ brigade, la 2ᵉ dirigeant ses coups sur celui du premier ministre. Les canons hovas ripostent de partout, de la terrasse du palais principalement. Mais nos obus à la mélinite, réservés pour cette circonstance, ont des effets terrifiants et font dans leurs rangs de nombreuses victimes. Rien que sur la terrasse du palais trente-cinq Hovas sont tués d'un seul coup, dix-huit d'un second, les coups se précipitent. Encore un quart d'heure de bombardement et l'assaut va être donné par six colonnes qui attendent le signal avec impatience.

« Tout à coup, nos jumelles, braquées sur le palais, voient disparaître le pavillon de la reine ; vingt secondes après un drapeau blanc est hissé à sa place. C'est la ville qui se rend. Le bataillon malgache, toujours agile, s'est déjà engagé dans les rues de Tananarive et rencontre les parlementaires pressés d'arriver près du général en chef.

» Le feu cesse partout.

» Le général en chef exige que des parlementaires plus qualifiés et munis de permis se rendent près de lui en moins de trois quarts d'heure, sans quoi le bombardement recommencera. Vingt-cinq minutes après, un fils du premier ministre, Radilifera, l'ancien ministre (?) des affaires étrangères Andriamifidy, et Marc Rabibisoa, interprète, acceptent les conditions du vainqueur : entrée immédiate dans la ville, soumission sans conditions, désarmement et envoi immédiat de courriers pour arrêter les hostilités possibles contre un convoi que nous attendions. Les trois journées des 20, 23 et 30 septembre nous coûtaient huit morts et soixante-trois blessés, dont quatre officiers. »

La presque totalité des troupes occupa la ville dans la soirée, et le premier octobre, à huit heures du matin, le général Duchesne, précédé d'un peloton de cavalerie et suivi de son état-major faisait son entrée solennelle dans Tananarive. Le cortège, après avoir escaladé les rues hérissées de barricades, défila devant le palais, traversa la place d'Amdohalo et descendit à la résidence générale où fut hissé le drapeau français.

Des négociations s'ouvrirent dans l'après-midi, et à cinq heures la reine signait le traité suivant que le général en chef lui avait soumis au nom du gouvernement français :

Article 1er. — Le gouvernement de S. M. la Reine de Madagascar reconnaît et accepte le protectorat de la France avec toutes ses conséquences.

Le palais de la reine à Tananarive.

Art. 2. — Le gouvernement de la République française sera représenté auprès de S. M. la Reine de Madagascar par un résident général.

Art. 3. — Le gouvernement de la République représentera Madagascar dans toutes ses relations extérieures.

Le résident général sera chargé des rapports avec les agents des puissances étrangères ; les questions intéressant les étrangers à Madagascar seront traitées par son entremise.

Les agents diplomatiques et consulaires de la France en pays étrangers seront chargés de la protection des sujets et des intérêts malgaches.

Art. 4. — Le gouvernement de la République française se réserve de maintenir à Madagascar les forces militaires nécessaires à l'exercice de son protectorat.

Il prend l'engagement de prêter un constant appui à S. M. la Reine de Madagascar contre tout danger qui la menacerait ou qui compromettrait la tranquillité de ses Etats.

Art. 5. — Le résident général contrôlera l'administration intérieure de l'île.

S. M. la Reine de Madagascar s'engage à procéder aux réformes que le gouvernement français jugera utiles à l'exercice de son protectorat, ainsi qu'au développement économique de l'île et au progrès de la civilisation.

Art. 6. — L'ensemble des dépenses des services publics à Madagascar et le service de la dette seront assurés par les revenus de l'île.

Le gouvernement de S. M. la Reine de Madagascar s'interdit de contracter aucun emprunt sans l'autorisation du gouvernement de la République française.

Le gouvernement de la République française n'assume aucune responsabilité à raison des engagements, dettes ou concessions que le gouvernement de S. M. la Reine de Madagascar a pu souscrire avant la signature du présent traité.

Le gouvernement de la République française prêtera

son concours au gouvernement de S. M. la Reine de Madagascar pour lui faciliter la conversion de l'emprunt du 4 décembre 1886.

Art. 7. — Il sera procédé, dans le plus bref délai possible, à la délimitation des territoires de Diégo-Suarez. La ligne de démarcation suivra, autant que le permettra la configuration du terrain, le 12° 45' de latitude sud.

La conclusion de ce traité eut comme conséquence immédiate la reddition de Farafate.

Tandis que le gros du corps expéditionnaire pénétrait de plus en plus dans l'intérieur de l'île, la situation restait stationnaire sur la côte orientale. La garnison de Tamatave, décimée par les fièvres, ne pouvait, faute de renforts, attaquer l'ennemi toujours retranché dans les lignes de Farafate. Le port, sans communication avec l'intérieur de l'île, avait perdu toute animation et une bonne partie de la population avait quitté la ville.

De temps à autre, le canon tonnait, faisant plus de bruit que de mal. Nos soldats étaient impatients. Pourquoi les renforts n'arrivaient-ils pas ? En même temps, les Hovas s'enorgueillissaient de cette résistance. « Depuis plusieurs mois, disait Rainilaiarivony, les Français sont installés à Tamatave, ils y ont réuni de l'infanterie, des marins, beaucoup d'artillerie et, cependant, ils n'avancent pas. La garnison malgache de Farafate leur barre le chemin, de même qu'en 1885 ; ils ne tentent même pas de donner l'assaut à nos formidables retranchements. » Il se gardait bien d'ajouter que le corps français ne comptait qu'un nombre dérisoire de combattants.

Quoique n'osant pas sortir de leurs retranchements, malgré leur supériorité numérique, les chefs hovas devant Tamatave se livraient à toutes sortes de forfanteries à l'égard de nos soldats ; mais un incident ne devait pas tarder à leur inspirer plus de modestie.

Le colonel Giovellina, après avoir fait réparer les brèches du vieux fort de Tamatave, y avait fait mettre en batterie plusieurs pièces de marine qui y furent hissées non sans difficultés. On n'attendait qu'une occasion propice pour les expérimenter.

Le 26 juin, les vedettes ayant signalé une agitation inaccoutumée dans le camp hova, où des renforts venaient d'arriver, le colonel donne l'ordre d'ouvrir le feu contre Farafate. Aux premiers coups de canon, l'artillerie ennemie répond en envoyant des obus qui tombent à un kilomètre des positions françaises. Le feu continue sans danger pour nos soldats. Tout à coup, une explosion formidable fait tout trembler. Un obus, en tombant, vient de faire sauter la poudrière de Farafate. Une immense gerbe de feu s'élève dans les airs et un nuage de fumée enveloppe Farafate. La secousse est si violente, que le vieux fort de Tamatave lui-même est ébranlé sur ses fondements (1). Le feu se déclare dans les bâtiments voisins de la poudrière et ajoute encore à la confusion des Hovas. Certes, si le colonel Giovellina avait eu un millier d'hommes sous sa main au lieu des 150 dont il pouvait disposer, avec quel entrain nos soldats se seraient élancés sur Farafate. Mais il fallut se contenter d'assister à l'incendie des magasins hovas. La nuit étant venue, le canon cessa de tonner, et l'ennemi profita de ce répit pour relever ses blessés, fermer les brèches et relever les retranchements abattus. Malgré l'explosion, les Hovas n'étaient pas dépourvus de munitions; toute tentative contre leur camp étant inutile, il n'y eut plus de part et d'autre que des escarmouches insignifiantes.

La situation ne se modifia qu'à la fin de la campagne. Le 25 septembre, le *Primauguet*, portant le pavillon de l'amiral Bienaimé, le 1er et le 2 octobre, la *Romanche* et la *Rance* vinrent mouiller dans la baie de Tama-

(1) Voici en quels termes un correspondant du *Monde Illustré* rend compte de cette explosion : « Chaque obus, écrivait-il, était anxieusement suivi jusqu'à complet effet; mais, au sixième coup de canon, ah! mes amis, quel spectacle! un éclatement se produit à Farafate, aussitôt accompagné d'une immense explosion; un nuage épais s'élève au-dessus du fort ennemi; des milliers d'explosions partielles se produisent dans ce nuage, les cartouches sans doute, la fumée s'étend, grossit à vue d'œil, Farafate disparaît à nos yeux, une formidable explosion nous arrive : Aïe! ah! quelle secousse! tout est ébranlé, les vitres tombent de toutes parts, le vieux fort de Tamatave est ébranlé sur ses bases, et nous en ressentons les secousses; ce n'est qu'un cri.

tave, amenant les renforts si souvent annoncés. Dans la nuit du 4 au 5, les troupes de débarquement furent mises à terre; à sept heures du matin, les marins de l'escadre ouvrirent le feu et les obus commencèrent à pleuvoir sur les lignes ennemies. Pendant ce temps-là, une colonne venait d'être formée, qui devait s'emparer de Farafate en opérant un mouvement tournant. Elle suivit d'abord la côte, s'empara de plusieurs villages occupés par les Hovas et se préparait à donner l'assaut décisif lorsqu'elle reçut l'ordre de rebrousser chemin. L'amiral Bienaimé ayant appris, le 9 octobre, la reddition de Tananarive, envoya au commandant de Farafate un parlementaire pour lui signifier de se rendre à merci dans un délai de quarante-huit heures. Celui-ci, averti du succès des Français, signa la capitulation. Ce fut un grand désappointement pour nos braves soldats qui, depuis le mois de décembre, attendaient avec une

Farafate vient de sauter! L'on ne peut le croire, l'on regarde encore ce gros nuage terrible s'élevant au-dessus d'une masse de terre fumante; c'est pourtant vrai, oh alors! quel tapage! que de cris! Hourra! Vive la France! des milliers d'applaudissements. La foule, devant le fort, est dans le délire, les Malgaches ne savent comment exprimer leur joie; l'on a devant soi une foule grouillante, se contorsionnant de mille façons et tapant des mains.

» Au fort, le pointeur est encore à sa pièce; le brave garçon ne peut s'expliquer encore tout ce tumulte, il se découvre; le colonel ne peut que lui serrer la main, essayant en vain un compliment; ovations de toutes parts; le capitaine d'artillerie de marine, Barrera, est enlevé, les marsouins envahissent le fort, chacun veut son canonnier, et l'on fraternise; au dehors, la foule assiste toujours au tableau qui l'enivre; le feu a suivi l'explosion et les flammes s'élèvent d'entre les arbres qui masquaient la batterie; le gros nuage subsiste toujours; un vent d'ouest le pousse vers nous, semblant vouloir l'amener au-dessus de la pièce, comme pour la couronner!

» Le lendemain, 27 juin, le tir recommence dans la même direction; il s'agit de couvrir une reconnaissance qui est allée constater les dégâts du tir de la veille; naturellement les Hovas sont heureux de nous prouver immédiatement que l'explosion de la grande poudrière ne les a pas dépourvus de munitions et ils commencent à canonner sérieusement nos pauvres marsouins qu'ils aperçoivent à leur droite. Hélas! mal leur en prit, nos canonniers sont à leur poste depuis le matin et, dame, la réponse n'a pas été longue! Pauvres Hovas, pensais-je! Mais quoi donc? qu'est-ce, des cris, des clameurs, une détonation tout près de nous, je vois tout le monde courir, ah! je n'ai jamais tant ri! Les Hovas, dans un effort désespéré, ont réussi à faire tomber un obus à 50 mètres en avant du fort et tout près de cette foule curieuse et affamée de poudre! ah! quel sauve-qui-peut! les Malgaches surtout n'ont point assez de leurs jambes pour courir; en cinq minutes, tout est déblayé; pan, un deuxième obus, heureusement trop à droite; puis un troisième. Inutile de vous dire que nous ne sommes pas inactifs et nos pièces tirent sans discontinuer; nous réussissons à mettre un peu de plomb dans leur cervelle! (sic), car ils comprennent leur impuissance; il se taisent, la reconnaissance rentre fort heureusement et nous cessons le tir. »

patriotique angoisse le moment où il leur serait permis de se mesurer avec d'insolents adversaires. Pendant dix mois, ils avaient supporté, dans cet espoir, le climat humide, les privations, les fatigues, et au moment où ils croyaient toucher au but si longtemps convoité, leur rêve s'était évanoui.

L'annonce de la prise de Tananarive causa la plus vive satisfaction en France, et des manifestations patriotiques eurent lieu dans plusieurs villes. Ce fut avec une grande joie qu'on apprit que le corps expéditionnaire était arrivé au terme de ses durs travaux, et que les craintes qu'on avait pu concevoir au sujet de la fuite de la cour à Fianarantsoa, n'étaient pas justifiées. Au télégramme du général Duchesne, le gouvernement répondit par la dépêche suivante :

« Au nom de la France entière, le gouvernement de la République vous adresse ses félicitations ainsi qu'aux officiers, sous-officiers et soldats de l'armée de terre et de mer.

» Vos admirables troupes, celles de la vaillante colonne de Tananarive, comme celles qui gardent vos communications après les avoir ouvertes au prix d'efforts inouïs, toutes ont bien mérité de la patrie. La France vous remercie, général, du service que vous venez de rendre et du grand exemple que vous avez donné. Vous avez prouvé, une fois de plus, qu'il n'est pas d'obstacle, ni de péril dont on ne vienne à bout avec du courage, de la méthode et du sang-froid.

» Vous êtes nommé grand-officier de la Légion d'Honneur (1).

» Envoyez sans tarder vos propositions de récompenses. Le gouvernement proposera au Parlement la création d'une médaille de Madagascar, qui sera donnée à toutes vos troupes. »

Toutefois, le traité conclu avec les Hovas, bien qu'il impliquât un protectorat effectif, suscitait de vives

(1) Le général Metzinger a été également promu grand-officier après sa rentrée en France. Le général Duchesne, a été, lors de son retour, l'objet d'une brillante réception.

critiques. D'excellents esprits repoussaient le protectorat comme devant faire naître de graves difficultés:
Les puissances qui avaient signé des traités particuliers
avec la cour de Tananarive pouvaient en demander le
maintien et jouir des mêmes avantages économiques
que la France. Le cabinet qui avait élaboré le traité
ayant été renversé, le nouveau ministère a envoyé
comme résident général à Madagascar M. Laroche,
préfet de la Haute-Garonne, avec mission de le faire
modifier. Ce résultat a été obtenu et, au lieu d'un traité
bilatéral, une simple convention a été signée avec la
reine Ranavalo, par laquelle Madagascar est déclarée
possession française.

Cette annexion, en nous rendant réellement maîtres
de l'île, nous donne des avantages sérieux sur les
Anglais, les Américains, les Allemands qui, sous le
régime du protectorat, auraient pu invoquer les droits
de la nation la plus favorisée. Quant à la reine, elle
continue à administrer l'île, ou tout au moins les
parties qui dépendent du gouvernement hova, sous le
contrôle de la France. C'est une organisation analogue
à celle que les Hollandais ont établie dans leurs colonies de la Malaisie. Rainilaiarivony, a été remplacé
comme premier ministre par Rainitsimbazly et interné
en Algérie.

Ainsi s'est réalisé, après bien des déceptions, bien
des pertes en hommes et en argent, le plan conçu par
Richelieu et par Colbert. Souhaitons que la nouvelle
conquête termine l'ère des grandes expéditions et que,
grâce à une colonisation intelligente, la France recueille
le fruit de tous ses sacrifices!

FIN

TABLE DES MATIÈRES

Limoges. — Imp. Marc Barbou & Cie

www.ingramcontent.com/pod-product-compliance
Lightning Source LLC
Chambersburg PA
CBHW071232260626
47162CB00004B/1529